ANIQUÍLAME
VOLUMEN 3
CHRISTINA ROSS

CW01497261

A mis queridos amigos.
A mi familia.
Y especialmente a mis fans.
Gracias por seguir la historia de Jennifer y Alex.

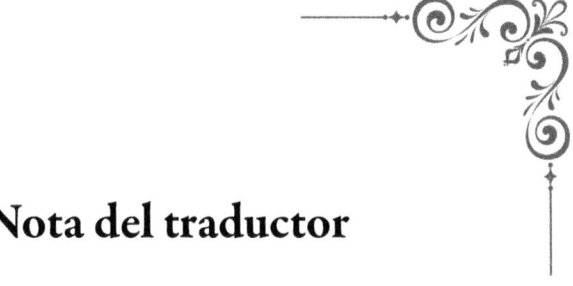

Nota del traductor

EL ESPAÑOL UTILIZADO en esta traducción es eminentemente peninsular. Sin embargo, se ha tenido en cuenta la diversidad de usos del español entre los posibles lectores de la novela y se han buscado giros lingüísticos y vocablos tan neutros como ha sido posible. Siguiendo este criterio, se ha querido evitar usos que, aun siendo correctos, puedan estar estigmatizados en Latinoamérica. Por otra parte, se han seguido las directrices y recomendaciones recogidas en la gramática de la Real Academia de la Lengua (RAE) con respecto a la no acentuación de pronombres demostrativos, entre otros vocablos. En la obra se incluyen algunos de los préstamos lingüísticos que se han incorporado al uso coloquial de la lengua.

—Antonio Gragera, traductor.

ANIQUÍLAME
VOLUMEN 3

CAPÍTULO UNO

— SABEN QUE ESTAMOS en la acera —dije a Alex aterrorizada.

Miré a nuestro alrededor. La gente que subía y bajaba la avenida o nos ignoraba por completo o nos miraba de reojo. Alex había dejado la puerta del coche abierta y era evidente que estábamos discutiendo.

Miré hacia arriba, hacia abajo, hacia el otro lado. A esa hora de la noche el tráfico era relativamente fluido en la Quinta, pero las luces de los coches bajando la avenida hacían difícil ver nada al otro lado de la calle.

— Desde alguna parte, en este momento, alguien nos está mirando.

Me cogió del brazo.

— Entonces, si es así, vuelve al coche. No hagas nada estúpido.

A pesar de lo furiosa que estaba con él, no tenía otra elección que hacerle caso. Estar a cuerpo descubierto era estúpido. El coche estaba a unos metros. La puerta trasera abierta. Pistola en mano, nuestro conductor salió del coche, protegiéndose en lo posible con él. No completamente, no por todos los lados.

La vista de la pistola hizo que la gente aligerara el paso. Algunos empezaron a correr. Vi cómo abrían sobresaltados ojos y boca. Permaneciendo allí, en la acera, ponía en peligro a todos a mi alrededor. Necesitaba volver al coche y lidiar con Alex más tarde, así que me agaché y me precipité hacia el coche con él.

Nos dejamos caer en el asiento trasero. Alex cerró con un portazo y le ordenó al conductor que entrara y que nos sacara de allí. En ese momento, escuchamos el disparo de un rifle. Instintivamente me alejé de un salto de la ventana cuando una bala la golpeó. El cristal se quebró dibujando una tela de araña, pero no llegó a romperse. Al contrario, parecía como si estuviera sujetando la bala como una araña sujeta a su presa en un entramado de hilos. Oí mi propio grito. Parecía que estuviese fuera de mí. No completamente allí, no del todo presente. La bala estaba a la altura de mi cabeza. Sin un cristal blindado estaría muerta.

Los instantes siguientes los recuerdo borrosamente. Alex me abrazó contra él y el coche se puso en marcha. Entró al tráfico cortando el paso a los coches que bajaban la avenida, a riesgo de golpearnos con alguno de ellos.

Se oyeron bocinas y rechinar de frenos. El coche atravesó la avenida sin miramientos. Al otro lado de la calle, un poco más abajo, vi un coche negro que se incorporaba al tráfico desde la acera. Nos dirigíamos directamente hacia él a tal velocidad que nuestro conductor gritó que nos agacháramos y sujetáramos fuertemente.

Vamos a darnos con él...

Alex me puso la cabeza en su regazo y me cubrió con su cuerpo. La colisión que siguió nos empujó con una violencia que me hubiera hecho caer del asiento y probablemente herido seriamente si Alex no me hubiera sujetado con tanta fuerza. Aún así, la sacudida fue lo suficientemente grande como para lastimar- me el cuello y dislocarme el hombro derecho.

Afuera, la gente gritaba, daba voces. Miré a Alex y me pareció que estaba bien, al menos físicamente. Me sentí aliviada y agradecida de que así fuera a pesar de mi furia anterior. Me senté, estiré la nuca, aturdida, y miré por la ventana sin dejar de tocarme el hombro. En la calle, una multitud de gente en la acera empezaba a alejarse poco a poco de la escena.

La fuerza con la que el conductor le había dado al otro coche había dejado irreconocible la puerta del conductor. Empezó a salir humo del motor. Vi sangre en la ventanilla del coche, demasiada para poder entender del todo lo que había pasado. No había señal alguna del conductor, de nadie herido y haciendo lo posible por salir del coche. Se me encogió el estómago al pensar en el peor de los casos. Quienquiera que estuviera dentro o estaba muerto o dispuesto a actuar de nuevo a pesar de las heridas.

— No se muevan de donde están —ordenó el conductor—. No salgan del coche a menos que yo se lo diga.

Protegiéndose con su arma, salió del coche. Agazapado, se colocó en la parte delantera. A nuestro alrededor, el tráfico aceleraba para evitar posibles acontecimientos o se ralentizaba para que los pasajeros pudieran ver lo posible antes de verse forzados a continuar.

Una vez más se oyó ruido de bocinas. En la distancia, sonaban las sirenas de la policía. Alguien debió llamar al 911. Debieron informar que alguien se protegía tras un Mercedes negro mientras apuntaba a algún blanco al otro lado de la calle. Me volví a Alex, vi su expresión adusta y luego miré a nuestro conductor, que se acercaba al otro coche con cautela.

— Podrían dispararle —dije a Alex.

— Lleva chaleco antibalas.

— ¿En la cabeza? ¿Es el pecho el único sitio donde pueden dispararle?

— Está entrenado, Jennifer. Es mucho más que un simple chofer.

— Detenlo. Que espere a la policía.

Pero Alex no respondió ni actuó. Sus ojos permanecían fijos en el hombre. Noté que tenía la mano en el tirador de la puerta y que estaba listo para intervenir si era necesario. Me invadió el miedo, alimentado por la adrenalina y

el instinto de protección. Si Alex pensaba salir del coche para ayudar al conductor yo no podría impedirlo. Era demasiado fuerte y no había manera de detenerlo si era eso lo que estaba dispuesto a hacer. Aparentemente, creía que sus puños bastarían para ayudarlo si el matón del coche estaba vivo y esperando dar un tiro certero al primero que se acercara.

— ¿Hay otra arma por aquí? —pregunté.

Cuando le hablé, Alex pareció volver en sí. Parpadeó, me miró con una furia que no había visto nunca en él y luego se inclinó para coger algo de debajo del asiento. Con pulso firme sacó un arma de apariencia sofisticada. Era estilizada, con un acabado metálico gris, mate. Aparte de lo que había visto en la televisión o en el cine, no sabía nada de armas, pero lo que había vivido en breves instantes me bastó para saber, de forma rudimentaria, cómo funcionaban.

En cuanto a Alex, era obvio que se sentía a gusto con un arma. Con la habilidad de un experto extrajo el interior de la culata para mirar dentro del cargador y comprobar si tenía balas. Volvió a meterlo y vio al conductor acercarse un poco más al coche dañado, que desprendía ya tanto humo que me preocupaba menos la posibilidad de un incendio y más la de una explosión.

— ¡Sal del coche! —gritó nuestro hombre. Estaba en la acera, intentado ver el interior a través de la ventanilla del conductor—. ¡Sal del coche o disparo!

¿Estará vivo?

La muchedumbre que estaba en la acera empezó a retroceder y alejarse, como una marea llevada por la curiosidad y arrastrada por el miedo. Pero la ciudad es una ciudad de gente arrojada y podía intuir por la manera cómo los más jóvenes estaban actuando, poniéndose de puntillas para tener mejor vista, maniobrando para abrirse camino, dispuestos a ayudar, que la situación estaba a punto de escapársenos de las manos.

— Mira ese humo —le dije a Alex. —El coche va a salir ardiendo o a explotar. Dile que vuelva. Necesitamos mantener la distancia y esperar a que venga la policía. Están de camino. Deja que ellos se encarguen de todo.

— Podría ser demasiado tarde.

— ¿Por qué haces esto?

— Porque te dispararon. Intentaron matarte. Quien lo hizo está en ese coche. ¿Crees que alguno de los dos va a dejar que escape sin hacerlo pagar por ello? ¿De verdad crees que iba a permitirlo, Jennifer?

Antes de que pudiera decir otra palabra abrió la puerta del coche y salió. Paralizada, lo vi moverse, agazapado, hasta donde estaban el conductor y el coche que habíamos siniestrado.

Espantada con la idea de perderlo, permanecí sentada, conteniendo la respiración. Lo vi agachado, con el arma firmemente sujeta delante de él. Empezó a aproximarse al conductor, que retrocedió repentinamente cuando una llamarada salió del capó. Alex, sorprendido, retrocedió igualmente.

A pesar de que las sirenas sonaban cada vez más cerca, de que teníamos a la policía encima, necesitaba hacer algo. Necesitaba alejarlo de aquel coche antes de que le pasara algo serio.

Salí del coche.

— ¡Todos, váyanse! —les grité a él y a la gente alrededor—. ¡Aléjense del coche! ¡Por su seguridad!

En ese instante, el fuego empezó a avivar. Las llamas se escapaban por debajo del capó, se rizaban por encima y alrededor y ascendían en el aire. La gente en la acera empezó a alejarse inmediatamente, sabiendo lo que podía pasar.

— ¡Jennifer! —gritó Alex.

Pero ya era tarde.

Uno de los hombres que había visto antes entre la multitud se abalanzó hacía el coche y golpeó la ventanilla del pasajero, quebrándola con el impacto. Era joven, en buena forma y fuerte. Me llevé la mano a la boca, cuando, instintivamente, se echó hacia atrás y rodó sobre el costado del coche por si la persona dentro del mismo respondiera con una ráfaga de disparos. Una mujer le gritó que volviera a su lado. Él se sometió. Agazapado regresó a la populosa multitud. Alex me miró y me ordenó que me alejara del coche.

Sin embargo, me acerqué más a él. Podía sentir el calor pegado a mi piel, tirando de ella. Nunca había estado tan asustada, pero no iba a permitirme perderlo, a pesar de lo furiosa que estaba con él. La única forma de morirse que tenía ahora era conmigo. Lo miré a los ojos.

— No me voy sin ti. Baja la calle conmigo.

Se dio la vuelta y miró a nuestro conductor, que estaba ahora prácticamente encima del coche y apuntando con la pistola a través del cristal roto. Evaluó la situación y, tras una breve pausa, metió una mano en el coche. Hizo un gesto con la mano y actuó como un profesional.

— Está muerto —le dijo a Alex mientras abría la puerta del pasajero—. Necesito que se vayan de aquí. Ahora. Antes de que esto explote. Váyanse de aquí para que pueda hacer mi trabajo.

Alex y yo empezamos a retirarnos. El conductor sacó a un hombre a la acera y lo alejó del coche arrastrándolo. Alex y yo lo vimos por encima de sus hombros. Nos giramos y empezamos a correr avenida abajo.

O al menos lo intentamos.

Entonces fue cuando el coche explotó.

La fuerza de la explosión nos levantó del suelo haciéndonos volar en aquel aire tórrido.

Aterrizamos pesadamente en el suelo, uno de nosotros en medio del tráfico.

Fue entonces cuando todo cambió para nosotros.

CAPÍTULO DOS

POR ALGUNA RAZÓN, NINGUNO de los dos sufrió heridas serias. Yo me hice un corte en el brazo cuando me di contra el suelo y me magullé la cadera, que dos días después del incidente aún me dolía. Alex se llevó la peor parte.

Tenía rozaduras en la cara y las manos y le diagnosticaron una conmoción cerebral, resultado del golpe contra el pavimento. No corría peligro, saldría de esto, pero lo mantuvieron sedado en el hospital para que pudiera descansar. Querían tenerlo allí un día más para asegurarse de que estaba bien del todo cuando le dieran el alta.

Lo que sí sabía con certeza es que podía haberlo perdido esa noche si alguno de los coches, en lugar de esquivarlo con suerte, lo hubiera arrollado. Había tenido suerte. Los dos habíamos tenido suerte. Podía haber sido mucho peor.

Pero, ¿por qué tuvo que pasar?

Me corroía la pregunta. En algún momento de nuestras vidas todos tenemos que tomar decisiones difíciles, a veces en el último minuto. Decisiones que, en retrospectiva, nos preguntamos si fueron acertadas. Si tuviéramos la oportunidad de volver atrás, ¿lo haríamos de otra forma o, llevados por el momento, volveríamos a equivocarnos? Si tuviéramos la oportunidad, ¿actuaríamos de forma diferente?

Cuando era joven y mi padre abusaba de mí, sabiendo lo que ahora sé, ¿habría hecho algo entonces para impedir que me pegara? ¿Habría ido a un vecino, un profesor, o quizás a un consejero escolar, y le hubiera dicho que, detrás de la vergüenza que sentía por no ser la hija que mi padre quería, si es que alguna vez quiso una, existía una realidad monstruosa esperándome en casa y que tendría una casa mejor con una familia que quizás llegara a quererme?

Sabiendo lo que ahora sé, por supuesto que lo hubiera hecho. Pero de niña, ignorando que la ira de mi padre tenía poco que ver conmigo y mucho con el hecho de que él era un borracho, nunca dije nada. Ser golpeada y humillada verbalmente era tan frecuente que me acostumbré a ello. Sus abusos estaban siempre a la vuelta de la esquina y aparecían como un perro sabueso a la voz de su amo, enseñando los dientes.

Antes de que hubiera crecido lo suficiente para conocer otra forma de vida, la frecuencia con la que mi padre arremetía contra mí me parecía normal, creía que las cosas eran así. Estaba indefensa. Mirando atrás, podía entender que no hubiera hecho nada. Sin embargo, ahora, después de haber pasado dos días en el hospital cuidando a Alex, no estaba segura de que lo que había hecho esa noche fuera justificable. Una y otra vez, la noche volvía a repetirse en mi cabeza. ¿Me había traicionado por no haberme dicho que estaba amenazado de muerte? Entonces pensaba que sí. Yo misma acababa de recibir una amenaza de muerte. Esto exacerbó mi ira y precipitó mis actos cuando nos vimos bajo el fuego de las armas. En aquel momento actué temiendo por mí y por él. Luego, lo inconcebible continuó hasta llevarnos adónde estábamos ahora.

¿Estaría en una cama del hospital si yo no hubiera intervenido?

Me atormentaba la duda. No podía responder a la pregunta porque si no hubiera hecho lo posible por alejarlo del coche ardiendo no sabía lo que habría sido de él. ¿Habría perdido la vida si hubiera permanecido cerca del coche un instante más? Era posible. Sin mi intervención, ¿estaría simplemente recuperándose de una conmoción, como estaba en ese momento? ¿Quién podía saberlo? Yo no podía. No podría nunca. Lo peor es que siempre existía la posibilidad de que si no lo hubiera distraído, podría haber salido ileso del incidente. Quizás no estaría en una cama. Quizás estaría sano y salvo. Lo miré y me compadecí de él. Dormía profundamente. Los médicos decían que se recuperaría. Ese mismo día por la mañana había estado despierto el tiempo suficiente para tener una pequeña conversación con él.

— Eso es una tontería —dijo cuando supo que tenía que quedarse un día más. Estaba aturdido por la medicación y apenas podía articular palabra, pero tenía claridad en la mirada. Me aferré a esa buena señal.

No quise contestarle porque estaba de acuerdo con el hospital y quería que saliese de allí completamente bien. Simplemente le cogí la mano y se la apreté. El día anterior había dormido casi todo el día. Sólo intercambió unas pocas palabras conmigo, que en su mayoría no entendí por lo sedado que estaba.

— ¿Estamos bien? —preguntó.

— Estamos bien. Mejor que bien.

— He estado preocupado.

— No hay nada de qué preocuparse.

— Creía que era una amenaza falsa, Jennifer. Te lo juro por Dios.

— Ya lo sé. Mi reacción fue excesiva.

— No, no lo era. Debería habértelo dicho. Debería habérmelo tomado más en serio antes de que fuéramos a Maine. No lo hice y lo siento.

— Si alguien necesita disculparse soy yo. Si no hubiera salido del coche nada de esto habría pasado.

Cerró lo ojos. Su voz se hacía más débil y se percibía su agotamiento.

— Es algo que no podemos saber. De cualquier manera, ese hijo de puta intentaría algo, tanto si seguíamos conduciendo como si no.

Cuando volvió a quedarse dormido pensé en lo que me había dicho. ¿Cómo saber si estaba en lo cierto? Nunca lo sabría. Los acontecimientos de aquella noche habían discurrido tan precipitadamente que no podía estar segura de nada, excepto de la culpa que me consumía, merecida o no. La culpa me había acompañado durante años y ahí estaba otra vez, descansado sobre mis hombros, aguijoneándome como lo hacía cuando era una niña, cuando me sentía culpable por no ser la hija que mi padre quería.

Observé a Alex durmiendo. Miré las rozaduras en la cara y en las manos y empecé a llorar otra vez. Lloré por Alex, lloré por los errores que podía haber cometido y lloré por todo lo que había pasado esa noche, de lo cual había muchas cosas que probablemente nunca sabría a pesar de que ahora la policía y el FBI lo estaban investigando.

Fue entonces, en el momento en el me sentía más vulnerable, cuando Blackwell entró en la habitación.

CAPÍTULO TRES

POR UN INSTANTE NOS miramos la una a la otra, antes de que su mirada se dirigiera a Alex, que roncaba muy levemente. Se volvió otra vez a mí. Sostenía un jarrón con peonías. Lo puso cuidadosamente sobre una mesa, ya llena de flores de los muchos amigos de Alex.

Se me acercó y, sin decir una palabra, se inclinó hacia mí y me sostuvo la cara con las manos. Luego me soltó para coger un pañuelo del diminuto bolso que llevaba colgado del hombro. Dando cuidadosos golpecitos con el papel me secó las lágrimas y me limpió el rímel que se había corrido. Luego me sonrió casi imperceptiblemente, pero de una manera que me resultó extrañamente reconfortante.

Me levantó el mentón con el dedo índice, me miró con ojo crítico y volvió a meter la mano en el bolso. Sacó una polvera de Chanel y me empolvó debajo de los ojos primero y luego el resto de la cara. En silencio, me señaló sus labios, luego los míos y luego, con la cabeza, señaló a mi bolso, que estaba en el suelo, junto a mí.

Me extendió la mano para que se lo diera. Encontré una barra de labios, me sostuvo la barbilla firmemente con una mano y con la otra me pintó los labios.

—*Voilà* —susurró en mi oído cuando terminó.

— Gracias —le susurré.

— Llevo la cuenta. No has comido nada en dos días. Eso no es bueno, incluso para mí. Así que ven conmigo —me dijo al oído—. Tú y yo nos vamos a comer, vamos a hablar y vamos a esclarecer al menos algo de todo esto.

———— ✦ ————

SALIMOS DE LA HABITACIÓN al pasillo. Dos hombres hacían guardia en la puerta, una visión que me dio escalofríos. Estábamos en el Hospital Presbiteriano de Nueva York en la Calle 68. Durante diez minutos seguí a Blackwell a través de pasillos y corredores llenos de gente, bajando ascensores y a través de múltiples antesalas, hasta llegar al sótano del edificio F, donde estaba la cafetería.

Uno de los guardias nos siguió. Vestía de forma anodina y actuó con discreción, pero su presencia no dejaba de recordarme todo lo que quería olvidar.

Preocúpate por Blackwell. Deja que el hombre haga su trabajo.

La cafetería parecía tener de todo. Había una sección de carnes, otra de ensaladas, de sandwiches selectos, sushi. Faltaba una dedicada a la última exposición universal. Para mi sorpresa, Blackwell no fue directamente a las ensaladas, sino a la sección de las hamburguesas y los perritos calientes.

— ¿Qué desea? —preguntó el hombre al otro lado del mostrador.

Le echó un vistazo al menú e hizo su elección con la decisión con la que tomaba todas sus decisiones.

— Una hamburguesa doble, con tres lonchas de queso, tomate, beicon, aguacate, *ketchup* y mayonesa. Con generosidad, no escatime en la mayonesa. Ponga hasta que rebose. Y una ración doble de patatas fritas, recién hechas. No voy a aceptar nada que haya estado pereciendo lentamente por hora y media debajo de una de esas horribles lámparas de calor. Las quiero calientes en su propio aceite. ¡Ah! y una Coca Cola *light*.

Torció el gesto, como sorprendida de sí misma. Negó con la cabeza.

— Olvide lo último que le he dicho. Bórrelo de la memoria. Deme un vaso de Coca Cola, grande. Poco hielo. No quiera engañarme con la cantidad.

¿Estaba pidiendo para mí? No podía ser para ella. ¡La mujer masticaba hielo para cenar!

— ¿Es para mí? —pregunté.

— No, Jennifer. Es para mí. No me juzgues. Hoy nos vamos a dar el gusto. En la cafetería Garden, nada menos. ¿Te pido lo mismo?

No podía ocultar mi sorpresa.

— ¿Esto viniendo de alguien que exige que mantenga una dieta a base de hierba?

— Contéstame.

— Todo menos el aguacate.

— ¿Menos qué?

— Menos el aguacate.

— Estás loca.

— No me gusta el aguacate.

— ¿Qué puede no gustarte del aguacate?

Me encogí de hombros.

— Está bien. Sin aguacate. ¡Qué desperdicio! ¿Quieres un batido en su lugar? ¿Vainilla? ¿Chocolate? Deja de mirarme así. Esta es tu oportunidad de oro. No la desperdicies.

— Un batido de chocolate no me vendría mal.

— Lo que me imaginaba —dijo volviéndose al hombre—. Lo mismo para ella, pero sin aguacate, por raro que suene, y un batido de chocolate en lugar de la Coca Cola. Soy generosa con las propinas, aunque en sitios como este nadie dé propina. Así que haga la experiencia memorable, ¿de acuerdo?

El hombre la miró con una sonrisa incrédula.

— Puedo hacerla más que memorable.

— ¿Qué ha querido decir?

— Todo está en la carne —dijo—. Siempre en la carne.

— ¿Por qué me suena tan mal eso? Explíquese.

El hombre sonrió abiertamente.

— Fácil. Puede usar carne magra de ternera, que es seca e insípida y no se la daría ni al perro. O puede usar carne de pavo, que es un insulto a toda hamburguesa que se precie. O puede hacer lo que se tiene que hacer.

— ¿Qué es lo que se tiene que hacer?

— Una hamburguesa de verdad está saturada de grasa, como un treinta por ciento de grasa. ¿La quiere así, señora?

— Señorita, para usted. Y, sí, las dos las queremos así.

— Bien servidas de grasa. El hospital me lo agradecerá dentro de unos años.

Blackwell pareció apreciar la respuesta. Recorrió al hombre con la mirada.

— Es usted un hombre poco común. ¿Por qué trabaja aquí?

— Me hago la misma pregunta todos los días. Terminé aquí.

— Pues salga de aquí. Algo me dice que es usted muy capaz de otra cosa.

— Eso me dice mi madre.

— Debe ser muy intuitiva. ¿Sabe cocinar?

— Soy cocinero aquí.

— ¿Y por qué está atendiendo al público?

— Sheila está enferma hoy

— ¿Quién tiene el valor de poner Sheila a su hija? Por Dios. ¿Ha estudiado en alguna escuela de cocina?

— No me lo puedo permitir.

Buscó en el bolso y sacó una tarjeta de negocios.

— Póngase en contacto conmigo. La compañía para la que trabajo tiene un fondo para pagar estudios a gente necesitada. Si es usted un necesitado no lo tengo que saber porque no es asunto mío, pero si quiere ir a una escuela de cocina, llámeme a este número. Empezaré por juzgarlo por sus hamburguesas y, especialmente, por sus patatas fritas. ¿Trato hecho?

— ¿Habla en serio?

— Hablo en serio. Siempre hablo en serio. La gente dice que soy demasiado seria. Probablemente tengan razón. ¿Qué más da? —dijo con una media sonrisa—. Nos sentaremos allí. ¿Ve aquella mesa? ¿La redonda? Ahí. ¿Nos servirá usted mismo?

— Por supuesto.

— Que tenga un buen día. ¿Cuál es su nombre?

— Charlie.

— Ningún *chef* que se precie se llama Charlie.

— Es mi nombre.

— Ese *era* su nombre. Charles, le diré lo que pienso de la comida. Hágalo lo mejor que pueda y veremos qué tiene que ofrecer, porque esta mujer —dijo señalándose con el dedo—, esta mujer no come esto más que una vez al año.

— Lo haré lo mejor que pueda.

Dejó un billete de cien dólares en el mostrador.

— No me cabe ninguna duda —dijo mientras se alejaba de él.

— INTERESANTE —DIJE, una vez sentadas en la mesa.

— ¿Qué es interesante?

— Si le toma la palabra, puede que acabe de haberle cambiado la vida.

— ¿Y?

— Es muy generoso por su parte.

— No soy una hija de puta del todo, Jennifer. Sólo lo parezco.

Por primera vez en dos días, me reí.

— No, no lo es. Es complicada y maravillosa, intimidante e inteligente y hábil y, a veces, hasta generosa. Nunca había conocido a nadie igual y me alegro de haberlo hecho.

Hizo un gesto de rechazo con la mano.

— Eso lo dices porque te retoqué la cara y te pinté los labios hace un momento.

— No se burle, lo digo en serio. Me alegra que esté aquí, por muchas razones. He acabado confiando en usted y considerándola una amiga.

— Nadie me considera nunca su amiga.

Por un instante, me escrutó de tal manera que supe que estaba diciéndome la verdad. Probablemente no tenía muchos amigos. Mientras uno viva en la ciudad donde viven el hielo y el poder, especialmente a su altura, tener amigos de verdad debe de ser un reto.

— Bueno, pues yo sí.

— ¡Qué se le va a hacer! —dijo mirándome casi como lo haría una madre—. Estabas llorando cuando entré en la habitación. ¿Por qué?

— Usted sabe por qué.

— Alex saldrá de esta.

— No era por eso.

— No importa —dijo levantando el mentón—. Atiéndeme, Jennifer, te lo voy a decir claramente. No voy a tratarte con guante blanco. Voy a ser lógica y de ayuda, pero no esperes más de mí. Estoy aquí para ponerte en carril y seguir adelante.

— ¿Con respecto a qué?

— Todo. Y sí, eso incluye tu relación con Alex, que ha llegado a importarme. Creo que eres la persona para él y a él lo protejo más que a mí misma, así que, por favor, no lo olvides. Tal y como entiendo la situación, y corrígeme si estoy equivocada, tú no tenías ni idea de que Alex había sido amenazado de muerte hasta la noche de la fiesta. ¿Estoy en lo cierto?

— Así es.

— Y él lo sabía desde antes de vuestro romántico viaje a Maine, ¿no?

— Así es.

— Y algo hubo entre vosotros que te hizo sentir traicionada porque él no te hubiera dicho nada. Sientes que debería haberte dicho lo que sabía antes de que las cosas entre vosotros fueran más lejos. ¿Correcto?

Suspiré. ¿Había algo que ella no supiera?

— Correcto.

— Entonces, tenemos que hablar.

— Necesito alguien con quien hablar.

— ¿No has hablado con tu amiga Lisa?

— Brevemente. Hablaremos más luego, pero dos amigas son mejor que una.

Casi se sonrojó al oírme. Aclaró la garganta y me pareció que tuvo que recomponerse, como si la idea de considerarla amiga fuera algo incomprensible para ella.

— Pues bien, esa es la razón por la que estoy aquí —dijo—. Te vi ayer. No estoy segura de que tú me vieras. Pero ayer asomé la cabeza para ver a Alex. Estabas tan absorta en lo que quiera que pasaba por tu cabeza que me pareció que no te diste cuenta y me fui. Era evidente que estabas en otra parte y me temo que fuera en un mar de culpa. Piensas que está aquí por ti, ¿no?

— Y tanto que lo pienso. Tengo razones para pensarlo.

— ¿Qué razones son esas?

— Perdí los estribos cuando supe que me había ocultado lo de la amenaza, después de que yo misma recibiera una amenaza. Lo que provoqué después nos llevó adonde estamos ahora.

— ¿Lo que tú provocaste?

— Así es. Lo que yo provoqué

— ¿Quién no hubiera perdido lo estribos en una situación así?

— Muchos no los hubieran perdido.

— Dime quién. Yo los hubiera perdido, ciertamente, si es que eso es perder los estribos, que no estoy segura de que lo sea. En cualquier caso, habría estado furiosa con él. De hecho, ahora que sé que no le va a pasar nada, estoy furiosa con él por no haberse tomado la amenaza más en serio. Estamos hablando de tu vida, Jennifer, y de la suya. Ignoró una amenaza. Lo ha hecho una y otra vez desde que sus padres murieron y se hizo cargo de la Wenn.

Vi una oportunidad y no la desperdicié.

— ¿Cómo murieron sus padres?

Me miró con extrañeza.

— ¿No lo sabes?

— No. Esperaba que Alex me lo contara algún día. En Maine me hablo más de ellos y de su relación con ellos de lo que había hecho antes. Me dijo que sus padres no se gustaban entre ellos, pero no me dijo cómo habían muerto.

— De hecho, era mucho más que simplemente no se gustaran. Se odiaban.

La manera en que lo dijo fue como si la hiriera. Me había dicho una vez que tuvo una relación muy estrecha con la madre de Alex. Por un momento, le cambió el semblante. Sus ojos y su expresión se oscurecieron.

— No podían ser muy mayores cuando murieron.

— No lo eran.

— ¿Les pasó algo?

— ¿No lo has buscado en Google? No es precisamente un secreto, Jennifer. *¿Qué no es un secreto?*

— Pensé hacerlo, pero me pareció que sería casi una intrusión, así que no lo hice.

— ¿Y no te estás entrometiendo ahora?

— Ahora sí. Quiero saberlo. Necesito entender mejor a Alex. Y ahora usted no está siendo usted por alguna razón. ¿Qué pasó?

— ¿Estás segura que quieres saberlo por mí o prefieres esperar a oírlo de Alex?

— Es público. Quería saberlo por él, pero ahora mismo ¿qué sentido tiene esperar más?

— Muy bien. Fue un asesinato junto a un suicidio. El padre de Alex le dio un tiro a Constance. Luego se disparó a sí mismo.

No podía creer lo que estaba oyendo. No pude ocultar mi sorpresa al hablar. — ¿Está burlándose?

— Ojalá lo estuviera.

— ¿Cuándo fue eso?

— Hace cuatro años. Sucedió un mes antes de que Alex perdiera a Diana. En un mes, Alex perdió a sus padres y a Diana.

No pude evitar el dolor pensando cómo todo esto le habría afectado.

— ¿Por qué hizo eso su padre?

— Porque quería el divorcio. Constance se negó a dárselo. Así estuvieron años, por lo menos veinte. Ella se negaba a darle el divorcio porque estaba convencida de que él la aislaría socialmente. Y tenía razón, lo habría hecho.

— Es lo que me dijo Alex.

— Entonces, Alex conocía a su padre. Después de una pelea particularmente desagradable, inducida por el alcohol, ese hijo de puta cogió un arma y disparó a Constance en su dormitorio. Me imagino que cuando se dio cuenta de lo que había hecho y del escándalo y la condena que lo esperaban, el muy cobarde se pegó un tiro en la cabeza. Se acabó la historia para ellos, pero para Alex fue el comienzo de algo muy diferente. A veces, creo que no le importa lo que pueda pasarle —añadió agitando la cabeza—. No tanto por lo que le pasó a sus padres, cuya relación fue brutal para él, sino por la forma en que la muerte de Diana lo afectó. Desde entonces, ha estado enteramente concentrado en su trabajo, pero a la deriva en muchos otros aspectos.

— Esto se lo he dicho sólo a Lisa, pero Alex me escribió una carta. Una carta de amor, como la llamó él y supongo que eso es lo que es. Me la dio esa noche en la terraza. En ella me decía que estaba enamorado de mí. Si eso es cierto, ¿por qué no me dijo nada de todo esto, de sus padres y de la amenaza

— No tengo ni idea. Al igual que tú, Alex tiene una coraza, obviamente por todo lo que le ha pasado.

Me miró.

— Y tú, ¿estás enamorada de él? —preguntó

— No lo sé. Creo que sí. Quizás.

— ¿Cómo puedes no saberlo?

— Porque nunca antes he estado enamorada.

— Entonces déjame decirte lo que yo veo. Te he observado a ti, lo he observado a él y lo que he visto es una pareja que ha ido enamorándose poco a poco. Alex sabe lo que es estar enamorado. Tú puedes no saberlo tan pronto como él porque nunca lo has experimentado, pero ¿la mujer que vi hace un rato en esa habitación? ¿La mujer que estaba llorando al lado de la cama? Esa mujer está enamorada. Era una mujer a solas que no tenía que esforzarse en aparentar delante de nadie porque su novio es un multimillonario y es lo que se espera de ella. Estabas sola con Alex, que estaba dormido e incapaz de ver el estado en que estabas. Cuando te vi así, eso me lo dijo todo. Estás enamorada de él. Así es como se siente el amor, al menos en estas circunstancias. Cuando las cosas van bien, Alex es todo lo que has oído y leído acerca de él. Puede llevarte al delirio y ser maravilloso y puede hacerte más feliz de lo que nunca has sido, pero la vida con él también puede derrumbarte, que es como estás ahora. ¿Le has dado alguna indicación de lo que posiblemente sientes por él?

— No verbalmente, pero lo he hecho físicamente.

Respiré hondo y decidí contárselo todo.

— Esto puede sonar cómico a mi edad, pero él me quitó la virginidad. No me cabe ninguna duda de que él sabe lo importante que ese momento fue para mí y que, después de esperar tanto, no iba a dársela a cualquiera. Así que si le he dicho algo significativo, ha sido con esa decisión.

— Me parece bien, pero a veces la gente necesita oír las cosas. ¿Por qué no le puedes decir cómo sientes?

— Es una historia que no querría oír.

— ¿Por qué?

Conocía a Blackwell lo suficientemente bien para saber que no iba a dejar-me escurrir el bulto, así que me entreabrí a ella.

— Mi padre me maltrató cuando era una menor. Mi madre nunca hizo nada al respecto. Me golpeaba por rutina. Como consecuencia, arrastro una pesada carga de desconfianza.

— Lo siento.

— Es lo que hay. Y, ciertamente, no puedo cambiarlo.

— Hasta cierto punto, estoy de acuerdo. Sin duda, no puedes cambiar el pasado ni olvidarlo. Pero puedes dirigir tu presente y tu futuro, Jennifer. Mira lo que has conseguido hasta ahora. Tú sola. Cuando nos vimos por primera vez quise, estúpidamente, interferir en tu futuro, pero trabajaste duramente y encontraste la manera a pesar de todo, incluso de mí. No es poca cosa, querida mía. No muchos lo han conseguido —dijo, inclinando la cabeza hacia mí—. ¿Hay algún compromiso entre Alex y tú?

— Él sabe que soy exclusivamente suya, pero aunque quiere que le diga que acepto ser su novia, no se lo he dicho todavía. Por alguna estúpida razón, no puedo hacerlo. Por supuesto que soy su novia. Por supuesto que él me importa muchísimo. ¿Qué pasa conmigo?

— Contigo no pasa nada. Naturalmente, necesitas estar segura antes de decirlo. Lo respeto. Y puede llevarte algún tiempo. La razón por la que te lo pregunté es porque estoy intentando comprender por qué Alex no te dijo nada de la amenaza. Es posible que no piense en los dos como una pareja todavía. Probablemente pensó que decírtelo te asustaría. Lo dejaste una vez, Jennifer, con razón. Debió pensar que decirte algo sobre la amenaza te alejaría de él otra vez.

No había pensado en eso.

— ¿Has hablado con él ya? —preguntó.

— Esta mañana. Brevemente.

— ¿Qué te dijo?

— Me pidió disculpas. Me dijo que lo debía haber tomado más seriamente.

— Algo positivo. Debería haberlo hecho.

— No quiero echar esto a perder, Sra. Blackwell.

— De verdad, preferiría que me llamaras Bárbara.

— Pienso que siempre la veré como Sra. Blackwell.

— Peores cosas me han pasado. Mira, Jennifer, para que las cosas salgan bien tienes que reconciliarte con tu pasado, dejarlo ir y seguir adelante con el futuro. Es la única salida que le veo. ¿Qué otra opción hay?

— No tengo ninguna.

— Entonces, olvídate de tu padre. A la mierda con él. En su lugar, piensa en tu futuro con Alex y en lo que sientes por él. Acéptalo, sabiendo que es legítimo sentir algo de miedo. El amor da un poco de miedo. Lo sé, he pasado por eso. Cuando sientas que es el momento, díselo, pero no esperes demasiado.

— No puedo agradecérselo bastante, Sra. Blackwell.

— Es posible que cambies de opinión ahora mismo —dijo ella.

— ¿Qué quiere decir?

Al principio pareció reticente, pero se decidió finalmente.

— Hay una cena esta noche. La tal Peachy Van Prout es la anfitriona. Cualquiera que se precie estará allí. La junta se reunió esta mañana. Uno de los miembros me llamó antes de venir aquí. Están muy impresionados contigo. Han pedido que sustituyas a Alex esta noche y que vayas en su lugar porque tú estás familiarizada con el acuerdo que desean firmar.

— ¿Qué acuerdo?

— El posible acuerdo con Henri Dufort. Me pidieron que te convenciera de ir tú sola y responder a sus preguntas. Aparentemente, tiene muchas.

— ¿Quieres que deje a Alex aquí solo?

— No estará solo. Yo estaré con él.

— Pero nunca he negociado un acuerdo antes. No es lo que sé hacer. No sé si podría hacerlo.

— La junta cree que puedes. Y yo también. Pero no se trata de eso. Se trata de mantener la conversación abierta. Dada la cantidad de prensa que el incidente con Alex y contigo ha recibido, Dufort sabe que Alex no está disponible para él. Al menos por ahora. Pero Dufort sólo piensa en Dufort. Cuando Alex insinuó el potencial para Dufort de una asociación de su Streamed con Wenn Entertainment se puso el motor en marcha. Es algo con lo que Dufort quiere seguir adelante. Quiere reunirse contigo informalmente esta noche. Tomarás unas copas con él y serás su acompañante a la cena y le explicarás tus ideas, ya que son, después de todo, tus ideas. La junta se lo dijo. Ahora quiere más información directamente de ti y, posiblemente, firmar un acuerdo cuando Alex esté bien. Obviamente, Alex no está en condiciones de ir, así es que el acuerdo tendrá que esperar un par de días. Dufort quiere información de ti, pero informalmente. Así que no será nada más que una conversación casual acerca de algo que has estudiado bien. ¿Lo harás? ¿Por Alex?

— ¿Por Alex o por la Wenn?

— ¿Hay alguna diferencia?

Por supuesto que no la había. Alex era la Wenn. No me quedó otra que aceptar.

CAPÍTULO CUATRO

ANTES DE IRME QUISE ver a Alex.

Blackwell y yo terminamos nuestras hamburguesas, tan deliciosas que Blackwell insistió que Charlie se pusiera en contacto con ella, *tout suite,* para algo de una posible beca de la Wenn que, según me confió, se aseguraría que recibiese. Luego, con el guardaespaldas siguiéndonos a una discreta distancia, volvimos a la habitación de Alex.

— ¿Por cuánto tiempo voy a llevar un gorila detrás?

— Tanto como necesiten la policía y el FBI para hacer su trabajo y averiguar quién está detrás de todo esto.

— Eso puede llevar días. Semanas.

— ¿Preferirías no tener protección?

Eso sirvió para callarme. Entramos en la habitación y me sorprendí al ver a Alex sentado en la cama. No parecía tan aturdido como cuando lo dejé. De hecho, parecía muy despierto. Sonrió cuando me vio.

— ¿Queréis estar a solas? —preguntó Blackwell.

— No —respondí—. Por favor, quédese. Estoy segura de que Alex quiere verla.

— Por supuesto que quiere —dijo ella—. Un toque de mi espontánea y jovial personalidad es todo lo que necesita para sanar —dijo mientras iba al otro la cama y lo cogía de la mano—. ¿Estás mejor, cariño?

— Quiero largarme de aquí.

— Ya veo que estás mejor. Me alegro.

Se inclinó y lo besó en la frente.

— Ya me encuentro bien. ¿Por qué tengo que quedarme aquí otro día?

— Deja de comportarte como si tuvieras doce años. Estás aquí para asegurarnos de que no hay complicaciones. Por lo que tengo entendido, te diste un buen golpe en la cabeza.

— Hay trabajo que hacer.

— El trabajo se hará sin ti. Sí. Como lo oyes. Imagínate. La Wenn se las puede arreglar sin ti por unos cuantos días, igual que hizo cuando los dos estuvisteis en Maine. La Junta está preocupada, naturalmente, y van a seguir adelante con lo que tú ya tienes aprobado, dejando lo demás para cuando tú vuelvas mañana. ¿Te parece bien?

— Sí, pero no veo razón por la que no pueda ir a casa esta noche. Puedo descansar en mi propia cama. Me lo tomaré con calma. Lo prometo —dijo buscándome con la mirada—. Jennifer se quedará conmigo, para vigilarme. ¿Verdad?

Blackwell y yo intercambiamos miradas. Ella se adelantó a mí.

— Henri Dufort está impaciente —le dijo.

— Por lo del asunto de la Streamed.

— Así es.

Encogió los hombros.

— Estupendo. Puedo reunirme con él mañana.

— La cosa es que él quiere reunirse esta noche. Como sabe que Jennifer conoce todo acerca del posible acuerdo, le gustaría reunirse con ella para continuar la conversación y discutir las posibilidades.

Alex permaneció en silencio por un instante. Por fin, se dirigió a mí.

— ¿Qué te parece a ti?

— Estaré encantada de hacer lo que pueda.

— ¿Pero realmente quieres hacerlo?

— Si esto es para asegurarnos de tenerlo con nosotros, creo que debo hacerlo. Además, no será un encuentro formal. Mejor así. Ayudará a mantener una conversación fluida. Responderé a sus preguntas, pero todas las negociaciones serán contigo.

— No me gusta la idea de que aparezcas en público en estos momentos.

— Tendrá guardias de seguridad con ella —dijo Blackwell. —Me aseguraré de ello.

— ¿Quién hace la fiesta? —preguntó Alex.

— Peachy Van Prout, en su mansión de Park Avenue.

— Entonces —dijo Alex—, tendrá doscientas personas en el cóctel y sólo cincuenta para la cena. ¿Me equivoco?

— No te equivocas.

— No soporto a Van Prout.

— Eso es porque le gustaba a tu madre.

— Supongo.

— Sin duda. Pero Peachy es agradable y siempre te ha adorado. Tú lo sabes. Siempre ha sido cariñosa contigo.

— Ella sólo se ha preocupado de su imagen. ¿Por qué la fiesta? ¿Para la cura de alguna enfermedad de que la que ha oído a través de su publicista? Como si la viera. Decidida a liberar al mundo de algo que no podría importarle menos.

— Algo así —admitió Blackwell.

— ¿Algo así o exactamente así?

— Más bien exactamente.

— Hipócrita.

— Sin comentarios.

— Immaculata es amiga de Peachy. Y también Tootie-Staunton Miller. Jennifer, necesitas estar avisada de que estarán allí y de que te las tendrás que ver con ellas a solas. No es que no puedas. Te he visto en acción. Sé que puedes manejarte bien.

Dejó de hablar y frunció el entrecejo.

— ¿Qué te pasa?

Rápidamente me limpié los ojos.

— Nada.

— No es cierto. Te pasa algo.

No pude evitar las lágrimas. Cuando pude hablar, mi voz sonó ahogada.

— Es sólo que eres tú mismo otra vez y es un alivio. Me has tenido muy preocupada. Se te ve mucho mejor.

— Y ahora es cuando tengo que largarme de aquí —dijo Blackwell—. Estaré afuera si me necesitas.

Me puso la mano en el hombro antes de abandonar la habitación.

— Ven aquí —me dijo Alex una vez que ella había salido. Se hizo ligeramente a un lado y dio unas palmaditas encima de la cama.

— Siéntate conmigo.

Fui hacia él y me senté a su lado. Él se inclinó y me besó en los labios.

— ¿Estás bien? —preguntó.

— He estado muy preocupada.

— Quiero decir físicamente. ¿Estás bien?

— Me hice un corte en el brazo y un moretón en la cadera. No me impactó tanto como a ti. No me pasa nada. Alex, realmente siento haber reaccionado como lo hice. Es mi culpa que estés aquí. De eso estoy segura.

— Tú sabes que no.

— Lo siento, pero no del todo. En su momento, pensé que estaba haciendo lo correcto. Pero ahora, ¿pienso que hice lo correcto? Ni mucho menos. Estaba asustada y no supe guardar la calma. Y mira lo que pasó. ¿Qué digo? ¡Lo que pu- do haber pasado! Podría haberte perdido.

— Pero gracias a ti, no me perdiste. Si hubiera estado al lado del coche cuando explotó, estaría muerto. Los dos lo sabemos. Al encararte conmigo, me hiciste alejarme del coche antes de que la explosión causara daños más serios. Lo que sucedió esa noche es mi responsabilidad. Debería haberte dicho lo de la amenaza antes de irnos a Maine, pero no lo hice porque no quería perderte otra vez. No quería que vieras cómo es mi vida en realidad. Al menos, no todavía. Pensé que si lo hacías me dejarías, por tu propia seguridad. ¿Y quién iba a culparte por hacerlo? Fue una decisión egoísta por mi parte. Si te hubiera dicho la verdad, habrías estado preparada cuando te llegó a ti la amenaza. Tú misma me dijiste que me lo habrías dicho inmediatamente si hubieras sabido que las dos estaban relacionadas. Lo siento, Jennifer. La he jodido bien.

Le puse la mano en la mejilla.

— ¿Por qué no te tomas estas cosas en serio?

Me besó la palma de la mano, por un instante cerró los ojos y apretó la cara contra ella. Luego levantó el rostro y me miró.

— El primer año, antes de que mis padres murieran, lo hacía, me tomaba cada amenaza muy en serio, aunque sabía que estas cosas eran cotidianas para mi padre. Con el paso del tiempo, como con mi padre, nunca pasó nada. Nadie llevó a cabo sus amenazas y me creé una falsa imagen de seguridad. Ahora, finalmente, alguien ha actuado.

— ¿Quién está detrás de esto?

Se encogió de hombros.

— No lo sé. Es lo que te dije aquella noche. La Wenn se ha creado su cuota de enemigos. Hemos obligado a cerrar muchos negocios. Algunos lo han perdido todo por nuestra culpa. Podría ser cualquiera. Me imagino que el FBI y la policía están investigando. ¿Sabemos ya quién era el hombre que estaba en el coche?

— No que yo sepa. Ya estaba muerto cuando tu hombre llegó hasta él. Por lo que sé, no tenía ninguna identificación y el coche que conducía era robado. Así que no tenemos nada, excepto quizás por la fuente de los textos que tú recibiste y los correos que yo recibí. La última vez que uno de tus hombres me puso al corriente, ayer por la tarde, la policía no sabía si había sido enviado desde un TracFone o algún otro aparato. Es posible que hoy tengan algo. Esperemos que sí.

Parecía contrariado.

— No todos los enigmas tienen solución, Jennifer. Necesitas estar preparada para afrontar que puede que nunca sepamos quién hizo esto. No se trata de una novela o una película donde todo queda perfectamente atado al final.

Esas historias son ilusiones. Esta es la vida real y la vida real a veces nos deja en bragas. Quienquiera que nos atacó puede quedar satisfecho con haberme mandado al hospital. Podría ser todo lo que necesitan para sentirse reivindicados por lo que sea que tuviesen que reivindicar. Podría acabarse aquí, o podría no haber hecho más que empezar. Mientras que no hable con mi equipo, es todo lo que sé y, de momento, es lo único cierto.

— Te agradezco tu franqueza.

— Debería haberte dicho la verdad hace una semana.

— Es agua pasada ahora. ¿De acuerdo?

— De acuerdo.

— Y gracias por la nota que me dejaste. Muy bonita.

Una expresión de cautela que nunca le había visto asomó a su rostro. En ese momento, parecía nervioso.

— ¿La has leído?

— Por supuesto que la leí.

— ¿Cuándo?

— Esa noche, en la terraza. La leí mientras estabas con Henri Dufort.

— Y entonces se desató toda esta mierda. Mi puntualidad es impecable. Esperaba que todo acabara en una noche especial entre tú y yo, después de la fiesta. No salió bien.

— ¿Y qué? Estamos juntos aquí y ahora. Tu mente está despejada y te brillaban los ojos. Doy gracias por eso. Y yo estoy bien. Mis rasguños cicatrizarán y los tuyos también.

En ese momento tomé una decisión. Dejé a un lado todos mis fantasmas, me incliné para hablarle al oído y decirle lo que sentía acerca de lo nuestro.

— Y hablando como tu novia, no puedo esperar a sacarte de aquí y llevarte a casa para hacer el amor en tu cama.

Lo besé y el me besó con tal intensidad que me sorprendió. Pensaba que aún estaría débil. No era el caso. Había recuperado la fuerza. Me agarró por la nuca y me presionó contra él. Era un beso tan lleno de pasión, desahogo, significado y con lo que Blackwell consideraría amor, que dejé que me recorriera la boca con la lengua, acelerándome el corazón y sintiendo vértigo en el estómago .

— Te quiero —me dijo al oído.

— Alex.

— Sé que necesitas tiempo. Sé que esto es nuevo para ti. Pero, ¿sientes algo que se acerque al amor?

Sin saber por qué, mis ojos empezaron a verter lágrimas una vez más. Creo que la reacción la provocaron dos cosas: la dicha de que alguien me considerara digna de su amor, algo que ningún hombre había hecho antes, y el miedo inexplicable de que él lo hubiera hecho cuando algo en mí aún no se sentía merecedora del mismo. Necesitaba expulsar esos pensamientos. Tenía que hacer caso a Blackwel. Necesitaba confiar en los hombres. Tan extraño y aterrador como era para mí confiar en ningún hombre, necesitaba confiar en Alex. Nunca olvidaría los abusos de mi padre, pero eso no quería decir que no pudiera cerrar el capítulo y seguir adelante. Era hora de pensar racionalmente. No todos los hombres eran como mi padre. Necesitaba creerlo así.

Tomé aire y lo besé de nuevo.

— Me estoy enamorando de ti, Alexander Wenn. Me estoy enamorando deprisa y eso me asusta muchísimo por las razones que ya conoces y otras que quizás nunca entenderás, pero estoy haciendo lo posible para vencerlas. Estoy haciendo un esfuerzo por liberarme de todo ese estúpido lastre.

— No es estúpido.

— Quizás. Pero lo que ocurrió entre mi padre y yo con el transcurso de los años sucedió y me afectó. Y tanto. ¿Cómo no va a afectar que un idiota borracho se ponga delante de una niña de seis años y le lacere la espalda sin ningún motivo, ante la mirada de su madre? Y ella nunca intervino porque también le tenía miedo.

— Jennifer.

Me detuve un momento para recuperar la compostura. Cerré los ojos antes de volver a mirarlo. Lo último que él necesitaba era aguantar mis lamentaciones.

No te dejes llevar.

— Blackwell y yo tuvimos una estupenda conversación un rato antes —dije esforzándome—. He llegado a admirarla y respetarla. La considero una amiga, algo que ella no quiere ni oír. Pero me imagino que todos tenemos nuestras neurosis, ¿no? Ella no cree que se merezca una amistad. Yo pienso que no merezco un amor. Vaya par de dos.

— Tú mereces ser amada. Yo te quiero.

— Lo sé. Y me siento privilegiada por eso. En cuanto a Blackwell, me dijo lo que ya sabía. Y todo se reduce a lo mismo, realmente. Necesito aprender a confiar. Te lo prometo Alex. Pienso darme a ti por completo, no sólo físicamente, sino con todo mi ser. Quizás no tan rápidamente como a ti te gustaría, pero llegará. Sé que puedo sonar ridícula ahora, pero si supieras las cosas que me hizo, la frecuencia con que las hizo, quizás lo entenderías. No será fácil, pero estoy decidida a seguir adelante y tener una relación amorosa con un hombre decente, tú. Dije *tu novia* porque lo siento así, no porque tú lo quisieras escuchar. ¿Y sabes qué? Me alegro de haberlo dicho porque esta es, oficialmente, la primera vez que tengo novio. Te has convertido en alguien muy importante para mí. Por favor, sólo dame un poco más de tiempo para superar lo que tenga que superar, para olvidarme de ese hijo de puta y valorarme en la justa medida. Entonces, cuando te diga que te quiero, tendrás la certeza absoluta de que es de verdad.

CAPÍTULO CINCO

CUANDO DEJÉ A ALEX, me colgué el bolso del hombro y fui a encontrarme con Blackwell, que estaba al otro lado de la puerta hablando con uno de los guardias de seguridad. Se calló cuando me vio.

—¿Te encuentras bien? —preguntó.

—No es nada. Sólo que tengo mucha suerte.

—Él también.

Miré al guardia. Era muy atractivo. Tenía el pelo corto, castaño, más de un metro noventa, todo músculos.

—¿No tenemos nada nuevo aún? —le pregunté.

—Nada relevante, desgraciadamente. El hombre que les disparó está muerto.

—Eso ya lo sabía. Lo matamos nosotros.

—En defensa propia —añadió Blackwell.

La miré, pero no respondí.

—No tenía identificación. El FBI está usando su sistema de identificación facial para ver si se trataba de alguien fichado —dijo el guardia—. Si alguna vez ha sido arrestado, podrán identificarlo. Eso nos dará algo por donde empezar. De lo contrario, si no tiene antecedentes, no tendremos nada porque el coche que usó es robado. Estamos haciendo lo posible, pero quizás nunca sepamos quién era y para quién trabajaba. Tiene que estar avisada.

—Es lo que dijo Alex.

—Y está en lo cierto. Quienquiera que esté detrás de esto puede que ya tenga lo que necesitaba, aterrorizarlos para siempre con lo que pasó la otra noche. No vamos a parar la investigación, no es eso, pero necesito que esté preparada en caso de que el grupo se haya desecho y se los haya tragado la tierra.

— Lo dudo.

— ¿Por qué?

— Por lo que decía el correo que recibí. Están jugando con nosotros. Si hubieran querido disparar a Alex o a mí, lo habrían hecho. Soy de Maine, mis tíos eran cazadores. Sé lo certero que es un rifle, si alguien nos hubiera querido ver muertos la otra noche nos habrían tenido en el punto de mira y nos habrían matado. Me pregunto por qué no lo harían.

— Aparte de lo que le he dicho, no sabría por qué.

— Creo que aún quieren torturarnos algo más antes de acabar con nosotros.

— No podemos saberlo con certeza, señora

Me encogí de hombros.

— Por supuesto que no. Lo que sabemos con certeza es que me voy a pasar la vida con Alex temiendo por nuestras vidas si esta gente no da con sus huesos en la cárcel.

— Mientras esté con el Sr. Wenn, su vida siempre va a estar en el punto de mira por muchas razones. Eso no va a cambiar nunca. Si sigue con él, tiene que asumir los riesgos que conlleva su estilo de vida. También es verdad que siempre tendrán un equipo de seguridad altamente preparado a su alrededor.

Me detuve a pensar en eso. ¿Era así como quería vivir mi vida? ¿Con guardias protegiéndome? ¿Sin apenas privacidad? La respuesta fue inmediata. Si eso es lo que había que pagar para estar con Alex, entonces así es como viviría mi vida.

— ¿Estaré segura esta noche?

Blackwell, que estaba impaciente porque terminara aquel interrogatorio catastrofista, interrumpió asintiendo con la cabeza.

— Aquí, Tank se hará cargo de eso

— ¿Se llama usted Tank? —pregunté.

— Mi nombre es Mitch, señora.

— Me gusta más Tank, de tanque —dijo Blackwell.

Su voz se volvió extrañamente jovial. Intentaba darle a la conversación un aire más ligero. A pesar de que apreciaba su esfuerzo por querer tranquilizarme, yo prefería el tono directo con que el hombre me hablaba.

— A ver, míralo —dijo Blackwell—. Es como si el ejército lo hubiera secuestrado de niño, hubiera hecho no sé qué experimentos con él, le hubiera inyectado alguna forma de energía radiactiva y modificado su ADN.

Él no respondió al chiste, sino que me miró y me dejó aturdida con la intensidad de su mirada.

— No tiene de qué preocuparse, Srta. Kent.

¿No? ¿Y Alex? ¿Estará seguro?

Blackwell no era estúpida. Sabía que la situación era tensa y dejó de intentar aligerarla. Me hizo a un lado.

— Bernie estaré en la Wenn a las seis y media. Él nos ha salvado la vida otra vez, lo que quiere decir que mañana voy comprarle algo que lo vuelva loco por toda su ayuda desde que empezamos a trabajar juntas. Se lo merece. Ya le he dicho qué vestido creo que te irá bien esta noche y te ayudará con eso también. No me mires así, Jennifer. Bernie no va a vestirte, eso lo harás tú. Como te prometí, yo me quedo aquí para que tengas la tranquilidad de que Alex está en buenas manos. Así tú te puedes concentrar en lo que será una prueba de fuego, pero que superarás, no me cabe la menor duda. Verás algunas caras conocidas, pero habrá muchas otras que ni conoces. Aunque ellas sí te reconocerán. Tú y Alex habéis salido en la primera página del Times. Te harán muchas preguntas y te acosarán con pretendida preocupación.

Hizo una señal de OK a Tank.

— Aquí Tank irá contigo, con esmoquin y todo. Espera y verás cómo le sienta. Formidable. —Miró el reloj—. Tienes cinco horas antes de arreglarte. ¿Qué te apetece hacer ahora?

— Quiero ver a Lisa —respondí.

CAPÍTULO SEIS

CUANDO LLEGAMOS A MI edificio en la Quinta hacía sol y buena temperatura. A mediados de septiembre, esto era inusual para mí. Si estuviera en Maine, probablemente llevaría un suéter ligero y unos pantalones de entretiempo en lugar de los *capri* y de la camiseta azul pálida que Lisa me había llevado la noche que Alex ingresó en el hospital. Aunque Manhattan y Maine estaban sólo a una hora de avión, parecían ser dos mundos aparte cuando se trataba del clima en el mes de septiembre.

Mitch se bajó del coche y yo cogí mi bolso. Me protegió con su cuerpo mientras atravesábamos la transitada acera hasta el vestíbulo del edificio.

— Gracias —le dije una vez dentro, a salvo.

— No le pasará nada mientras esté bajo mi vigilancia, señora.

— Por favor, llámeme Jennifer. Se lo ruego. Jennifer. ¿De acuerdo?

Se lo pensó por un momento y, finalmente, su estoica expresión se suavizó. — Está bien, pero se supone que no debo hacerlo.

— Ya lo sé, quedará entre nosotros. Y, por mi parte, me niego a llamarlo Tank.

— De hecho, casi me agrada el nombre.

No pude evitar una sonrisa. *Los hombres son como niños.*

40

— En tal caso, lo llamaré Tank. Al menos cuando estemos a solas. En otras circunstancias, somos *señora* y *Mitch*. No quiero que se meta en problemas por mi causa.

— Me parece muy bien.

— ¿Nos vemos a las seis y cuarto entonces?

Asintió con la cabeza.

— La recogeré aquí mismo. No espere afuera.

— Descuide. No lo haré.

Cuando entré en el piso, Lisa estaba de pie al otro lado de la puerta. Su pelo rubio le colgaba sobre los hombros y no llevaba maquillaje. No es que lo necesitara. Lisa era una de esas pocas afortunadas. Tenía una piel luminosa.

— Oí el ascensor —me dijo mientras me abrazaba—. Pensé que serías tú. ¡Lo que te he echado de menos!

— ¿Nunca habíamos pasado separadas más de dos días? —le pregunté al oído.

— Creo que en sexto curso. Una de las dos cayó enferma o algo así y estuvimos en cuarentena. Fue terrible.

Nos separamos y torcimos el gesto una a otra.

— ¿Cómo pudieron nuestros padres hacer algo así? —pregunté.

— Sin corazón.

— No dejemos que se repita muy pronto.

— Debes estar agotada. Entra de una vez. Dame el bolso. Puedes dormir una siesta y luego hablamos, o hablamos y te acuestas temprano. Como quieras, pero tienes que descansar.

— Sí, pero no será hoy.

— ¿Por qué no?

— Voy a ir a una cena a casa de Peachy Van Prout.

Vi que contenía la risa y me adelanté a ella.

— No te rías. Si me haces reír por su nombre, conseguirás que me ría en su cara cuando la conozca.

— Está bien, está bien... Pero sigue siendo un nombre ridículo.

— En eso estamos de acuerdo.

— ¿Te imaginas lo que es vivir con un nombre así?

— ¡Lisa!

Entramos en el salón. Dondequiera que miraba, todo me recordaba a Alex. Él había creado aquel espacio para nosotras. Estar en casa otra vez me conmovía.

— Seré buena —dijo Lisa—. ¿De qué se trata esta noche?

— Henri Dufort me ha invitado como su acompañante. Él es la persona que te comenté hablando de la Streamed.

— ¿Vas a ir sola?

— No, voy con Tank.

— ¿Con quién?

— Un gigante, antiguo *marine*, muy amable. Me acompaña para proteger-me. Su nombre es Mitch, pero le gusta que lo llamen Tank, lo que lo hace entrañable. Me cayó bien inmediatamente.

— ¿Está bueno?

— ¿Que si está bueno? Puedes jurarlo.

— ¿Cómo de bueno?

— Podrías freírte un huevo encima después de verlo.

— ¿Cuántos años tiene? —preguntó Lisa—. ¿Está soltero?

Las dos nos sentamos en el sofá del salón. Me dolía la cadera derecha, así que me acomodé para no apoyarme en ella.

— Yo diría que alrededor de los treinta.

— Perfecto.

— Es posible que no sea soltero, no tengo ni idea.

— Inaceptable.

— Cuando se está en los treinta y se tiene la pinta que tiene Tank, creo que uno disfruta de sí mismo lo más que puede antes de decidir que uno quiere algo más de la vida. Una novia, por ejemplo —dije encogiendo los hombros—. Pero, ¿qué voy a saber yo? Probablemente ya tiene una. Lo acabo de conocer. Lo averiguaré poco a poco.

— Tengo ganas de salir con alguien, así que si averiguas que es soltero y con ganas de asentarse, me lo dices.

— ¿Tú con ganas de salir con alguien de nuevo?

— La intimidad con mis zombis tiene un atractivo limitado.

— Veré qué puedo hacer.

— ¿Cómo está Alex?

— Se recuperará pronto. El golpe en la cabeza le produjo una conmoción seria, por lo que lo tendrán una noche más en observación. Saldrá mañana.

— Jennifer, ¿qué pasó esa noche?

Le conté lo que sucedió y lo poco que sabía del resto.

— ¿Has leído el *Times*? Porque la mitad de lo que me has contado no está en el reportaje.

— ¿Cómo iba a estar? Nadie del *Times* habló con nosotros. Alex no lo permitiría.

— Guardé el periódico para ti, por si quieres leerlo.

— Más tarde quizás.

— Te lo dejé encima de la cama. Lo de Alex y tú ¿sigue adelante?

— Sí. Lo hablamos antes de yo salir del hospital hoy. Blackwell fue de gran ayuda. Durante la comida fue un poco dura conmigo, pero justa, conmigo. Ella me empujó. Me recuerda mucho a ti en eso. —Hice una pausa—. Si me das el bolso te enseño algo.

Me lo dio. Saqué la carta que Alex me había escrito. Se la di a ella.

— Lee esto.

Así lo hizo. Cuando terminó, la dobló cuidadosamente, como si fuese un regalo, y me la devolvió.

— Está enamorado —me dijo.

— Lo sé.

— Nadie me ha escrito nunca algo así. ¡Qué bonito! ¿Cómo te hace sentir a ti todo esto?

— Conmovida. Insegura, como de costumbre. Mi padre me la jugó bien.

Una cierta irritación se le dibujó en el rostro.

— Sí. Una vez.

— ¿Qué quieres decir?

— Lo que oyes. Mira, después de leer la carta de Alex, te lo voy a poner claro, Jennifer. Te estás haciendo un daño innecesario. Puedes dejar todo eso atrás si quieres. Depende de ti. Siempre ha dependido de ti. Pero no acabas de quitártelo de encima porque, por alguna razón, aún te crees lo que te decía tu padre cuando te pegaba. ¿Por qué? Tienes veinticinco años ahora. Estás a cientos de kilómetros de él. Déjalo de una vez.

— No es tan fácil.

— ¿De verdad?

— ¿Qué puedes saber tú lo que eso supone?

— No sé nada de eso.

— ¿Y crees que puedes decirme cómo tengo que sentirme?

— Alguien tiene que hacerlo.

— ¿Estamos discutiendo?

— Quizás sea un buen momento. Te vas haciendo mayor. Estás hipotecando tu vida por un pasado de mierda. Sabes perfectamente que para tu padre eras simplemente un blanco fácil y aún así sigues obsesionada con lo que te hizo. ¿Sabes por qué? Porque es una especie de protección que usas para mantener a otros hombres a raya. Sabes que todo lo que te hizo y te dijo era producto del alcohol, pero no lo dejas ir. ¿Por qué? ¿Por qué no? ¿Por qué dejar que te paralice y te hunda? No todos los hombres son tu padre. Alex se merece tu confianza, pero no va a esperar siempre. Eso te lo puedo asegurar, como tampoco esperará quien venga detrás. Así que mete el pasado en una caja y entiérralo de una vez. Ya es hora de que lo olvides.

No se lo dije en ese momento, pero sabía que tenían razón.

— Has empezado una vida nueva aquí. Con el tiempo, cada una encontrará nuevas e interesantes personas que se convertirán en nuestra familia adoptiva. Sé que has recorrido un largo camino en cuanto a los malos tratos. Vi las cicatrices de tu espalda cuando éramos niñas, los moretones en el cuello y los brazos. Sé que viviste un infierno. También sé que podías haberte dado a las drogas, podías haber fracasado en la escuela... Pero no fue así. ¿No lo ves? Ya entonces tenías la tenacidad para ser alguien y largarte de Maine, lejos de tus padres. ¡Así que ya está bien! Esa carta que acabo de leer, eres una estúpida si no puedes ver el sentimiento puesto en ella. Eres una estúpida si no te sacudes el pasado y le das a ese hombre la oportunidad que merece.

— Hoy me despedí de él como su novia.

— ¡Bien! Vamos progresando. Ahora, déjame hacerte una pregunta difícil. ¿Estás enamorada de él?

La miré.

— ¿Por qué es tan difícil para mí?

— Tú los sabes. Yo también, pero eso se acaba hoy. Dime, ¿lo amas? Es que sí o que no. No es física nuclear. Ahora mismo, lo debías saber. Baja la guardia y sé honesta conmigo y contigo misma. ¿Lo amas o no?

— No iría a la fiesta esta noche si no sintiera algo por él.

— ¿Algo, sin más?

— Algo profundo.

— ¿Qué sientes?

— Todo.

— ¿Qué es todo?

Por un instante, me sentí completamente desprotegida y fue entonces cuando lo dije.

— Amor —dije—. Estoy enamorada de él y eso me aterroriza. Sé que es irracional porque, con la excepción de un tropiezo la noche de la gala del Met, él ha sido maravilloso conmigo. Con todo, todavía me siento insegura. Sigo teniendo problemas de confianza, pero lo cierto es que lo amo. Se ha convertido en todo para mí. Pienso en él a todas horas. Me preocupo por él constantemente. Siento su presencia cuando no está conmigo y puedo olerlo cuando voy a la cama. Siempre está conmigo. Y que me muera si lo pierdo por mis ridículas obsesiones.

— Entonces, deshazte de ellas.

— Voy a tener que hacerlo.

— ¿Desde ya?

— Desde ya.

— Veamos si es cierto.

Se levantó y fue a la cocina. Cuando volvió, tenía papel en blanco y un bolígrafo en la mano.

— Todo lo que acabas de decirme, lo que sientes por él, vas a ponerlo por escrito en una carta y se la vas a dar a él. Mañana a lo más tardar. Él habrá salido del hospital para entonces. Puedes ir a su casa, relajarte con él y, cuando llegue el momento, le das tu propia carta en la que le dices exactamente lo que ha llegado a significar para ti.

Me dio el bolígrafo y el papel.

— Escribe lo que te diga el corazón. No tiene que ser perfecto. De hecho, no debería serlo. Debe ser espontáneo. Dile lo que me has dicho. Tienes que responderle antes de que sea demasiado tarde.

— Te quiero, Lisa.

Se llevó la mano al oído.

— ¿Cómo has dicho?

— He dicho que te quiero.

— ¿De veras?

Le sonreí.

— De veras.

— ¿Te costó mucho trabajo?

— No.

— Me alegro, porque yo también te quiero. Ya sé que no necesitas más estrés del que tienes, pero antes de que pierdas a Alex alguien tiene que espabilarte. Alguien tiene que asegurarse que no vas a mirar atrás a este momento en tu vida y arrepentirte de tus decisiones porque el miedo te paralizaba. Me alegra ser ese alguien. Seguro que Blackwell también se alegra de ser otro alguien y yo se lo agradezco.

Empezó a irse, pero se detuvo.

— Mientras yo estoy en mi cuarto escribiendo acerca de las miserias de los no-muertos, tú escribe tu carta acerca de la gloria de estar enamorada de Alex.

CAPÍTULO SIETE

A LAS SEIS YA ESTABA duchada, el pelo aún ligeramente húmedo, y lista para el toque mágico de Bernie. En ese momento, Lisa salió de su habitación. Hacía semanas que no estaba tan guapa y radiante.

Me quedé mirándola. Cuando Lisa se arreglaba, se arreglaba de verdad. Y entonces deslumbraba.

Tenía el pelo recogido en una cola de caballo. Se había puesto unos pantalones vaqueros oscuros ajustados y una atrevida camiseta blanca que dejaba insinuar absolutamente todo. No llevaba sujetador. Se puso una de mis sandalias de tacón de Prada, nada de joyería y sólo el maquillaje necesario para hacerla aún más guapa de lo que era.

— ¿Adónde vas? —le pregunté.

— Voy a bajar contigo. Sólo quiero asegurarme de que sales sin incidentes del edificio.

— No necesitabas arreglarte para ...

Mi voz se fue apagando en cuanto me di cuenta de lo que tramaba —. ¿De verdad? ¿Con esas a mí? —pregunté inclinando la cabeza a un lado—. Vas a bajar para presentarle el par de gemelas a Tank, ¿no?

— ¿Tank? ¿Qué gemelas?

Hice un gesto con la cabeza señalando sus pechos.

— Hace algo de frío aquí, ¿no?

— Déjame en paz —respondió—. ¿Y qué si quiero conocer a Tank? No he estado con nadie en mucho tiempo. Me dijiste que es agradable y que está bueno. Es lo que necesito. He estado encerrada con zombis putrefactos demasiado tiempo. Necesito un hombre, preferiblemente vivo.

— Bueno, hombre sí que es. Ya lo verás.

— ¿Es más guapo que Alex?

— Nadie es más guapo que Alex.

— Si no estuvieras locamente enamorada de Alex, ¿sería más guapo que Alex?

— Se le parecería bastante. Añádele veinte kilos de músculos y cinco centímetros.

Me guiñó un ojo.

— ¿Dónde le pongo los centímetros?

— ¡No seas ridícula! A Alex no le falta de nada en ese aspecto. Tengo que darme prisa.

Agarré my bolso y salimos del piso.

— ¿Escribiste esta carta? —me preguntó mientras nos dirigíamos al ascensor.

— Sí. La escribí.

— ¿Fue difícil?

— Digamos que he desnudado el alma.

— Estoy orgullosa de ti. ¿Cómo te sentiste al escribirla?

— De alguna manera, fue una liberación. He traído la carta conmigo. La voy a meter en el bolso de noche para sentirlo cerca de mí.

— Ahora creo que voy a vomitar. Pero ¿en quién te has convertido?

Puse los ojos en blanco y suspiré.

— En una mujer enamorada.

— Espero no haber creado un monstruo.

Apreté el botón del ascensor.

— Creo que eso es lo que has hecho.

— ¡No tú!

— Ten cuidado con lo que deseas.

La puerta se abrió y entramos en la cabina del ascensor. En un instante estábamos en el vestíbulo. Y allí estaba Tank, de pie en el medio de la habitación, con un esmoquin a medida que lo hacía parecer aún más grande y más intimidante de lo que era. Me pareció que estaba elegante y atractivo. En cuanto a Lisa, la oí tragar aire cuando lo vio.

— Dios mío —susurró.

— Te lo dije —respondí mientras sonreía y saludaba de lejos a Tank.

— Los pezones me van a romper la camiseta.

— Sería digno de verse. Venga. Los hombros atrás, pero, por favor, no intentes sacarle los ojos a nadie. Te lo voy a presentar.

— No puedo aguantarme...

Recorrimos la distancia que nos separaba de él.

— Aún es pronto —le dije a Tank.

— En caso de que usted quisiera salir antes —dijo. Miró rápidamente a Lisa y luego volvió a mirarme a mí.

— Se lo agradezco. Le presento a mi mejor amiga y mi compañera de piso, Lisa Ward. Ella también quiere protegerme y quería asegurarse de que llegaba al vestíbulo a salvo. Creo que estoy protegida por todos los flancos. Lisa, Tank. Su verdadero nombre es Mitch, de Mitchell, pero prefiere Tank, de tanque. Puedes ver por qué.

Lisa extendió la mano y él la recibió con delicadeza. En ningún momento se le fueron los ojos a los pechos, a pesar de lo visible que resultaban en ese momento. Al contrario, le sostuvo la mirada. *Un caballero.*

— Encantado, Tank.

— Por favor, llámeme Mitch.

— ¿Por qué no puedo yo llamarle Mitch? —le pregunté.

— Porque soy su guardaespaldas —respondí—. Tank es más intimidatorio. A Lisa no tengo que protegerla.

— Puede hacerlo si quiere —dijo ella.

La respuesta lo sorprendió. La miró con interés.

— ¿Necesita protección?

— ¿Ahora mismo? Sólo de mí.

Lo había visto demasiadas veces para contarlas, pero las artes de seducción de Lisa nunca dejaban de sorprenderme. Era decidida cuando se trataba de su vida.

— Al verla, uno nunca se imaginaría uno que es una escritora de éxito de novelas de zombis —dije.

— ¿Escribe sobre zombis?

— Efectivamente. Escribo acerca de los no-muertos.

— Me imagino que darles vida en el papel es un reto.

— A veces, pero me las ingenio.

— Se requiere habilidad para eso —dijo él—. De hecho, a mí me encantan las películas de zombies y las novelas de terror. *Amanecer Zombi* es mi favorita.

— ¡No! Yo tengo un póster original firmado y enmarcado en mi habitación. Alex me lo dio como regalo de bienvenida al piso.

— ¿Quién lo firmó?

— ¡Romero!

— ¿Por qué el Sr. Wenn no me hace regalos así a mí?

— Necesita que Jennifer le haga de intermediaria.

Miré al reloj y fui directa al grano. *Hora de saber si esto es un simple parloteo o si él está soltero y tiene algún interés.*

— Deberíamos irnos —dije—. Quizás los dos podrían hablar de no-muertos mientras toman un café otro día. Si les parece, díganmelo. Puedo pasarles los números de uno a otro más tarde.

Miró a Lisa con una media sonrisa.

— ¿Le gustaría tomar un café otro día?

Soltero. Interesado. Bingo.

Ella encogió los hombros.

— Aún soy relativamente nueva en la ciudad y no he conocido a mucha gente de mi edad o con intereses similares. Me encantaría.

— La llamaré esta semana.

— Lo espero. Tengo mi propio horario, puede llamar cuando quiera.

— Estamos en contacto.

Me miró y pude ver un brillo en sus ojos que no tenía unos minutos antes.

— ¿Lista para salir? —me preguntó.

— La cuestión es si lo está usted.

— ¿Por qué lo dice?

— Por nada —dije sonriéndole.

— Debemos llevarla a la Wenn antes de que Bernie llame preguntando dónde está.

Se volvió a Lisa.

— Parece que nos vamos. Si va a algún sitio que esté de camino, estaré encantado de llevarla.

Era una profesional tan consumada que ni se inmutó.

— Gracias —dijo—. He quedado con unos amigos más tarde. Sólo quería asegurarme que esta amiga estaba en buenas manos. Obviamente, lo está. ¿Tendré noticias suyas pronto?

— Claro que sí —respondió él.

BAJAMOS LA QUINTA AVENIDA en dirección al edificio de Wenn Enterprises. Aún no había anochecido, pero hacía más fresco, lo que era de agradecer. Estaba nerviosa pensando en la noche que tenía por delante y me preguntaba si sería capaz de manejarme sin Alex. Pero había algo acerca de Tank que me serenaba No era Alex, pero tenía un vínculo con él. Eso sólo ya me daba algún respiro.

En el coche, pensé en el primer encuentro de Tank y Lisa. Siempre sentía la necesidad de proteger a Lisa de los hombres, pero la manera en que él la trató rozaba la dulzura. Aunque tenía los pezones duros como una piedra, en ningún momento dejó de mirarla a los ojos. Aquello me dijo mucho de él. Sin mencionar su mutuo interés por los no-muertos. Cuando menos, su primer encuentro parecía prometedor. Me alegraba por ellos.

Decidí darle conversación y saber algo más de él antes de darle el teléfono de Lisa.

— Parece que tiene mucho en común con mi amiga Lisa.

Sus ojos me miraron desde el espejo retrovisor para volver acto seguido a la calzada.

— Eso parece. ¿Cuánto tiempo lleva escribiendo?

— Desde que puedo recordar. Escribió su primer libro cuando tenía diez años, creo. Tuvo un éxito increíble entre los niños de la escuela porque se trataba de los no-muertos. Le siguieron más libros. Luego llegó la universidad y perdió momento, por las clases y porque era una empollona. Escribió un libro nada más terminar la carrera e intentó publicarlo en Nueva York, pero no logró venderlo a ninguna editorial. Así que decidió hacerlo por su cuenta y se publicó a sí misma a través de Amazon. Fue un bombazo. Acaba de escribir otro libro, pero he estado tan absorbida que no sé cómo le está yendo. Está recién publicado.

Se me ocurrió en ese momento.

— Nada que no puede averiguar en este momento. Un minuto. —Saqué el teléfono, lo encendí y consulté con Siri—. Amazon.com —dije.

— Buscando Amazon.com en la red —respondió la voz robotizada de Siri.

— Parece que Siri es también uno de los no-muertos —apuntó Tank.

Me hizo gracia. Cuando apareció la página busqué el libro de Lisa. Tras un breve *cliqueo* lo encontré. No me lo podía creer. Estaba en el número 17 de los cien más vendidos. ¿Por qué no me había dicho nada? Era un notición,

— Está en el número 17 de los libros más vendidos en Amazon con su nuevo libro. Ha salido hace sólo unos días. No me había dicho nada, pero ella es así. Humilde hasta el final. ¡Me alegro tanto por ella!

— ¿Cómo se titula? Quiero leerlo antes de que tomemos café juntos.

¿Quieres leer su novela antes de verla? Otro tanto a tu favor, Tank.

— "Cuando los mundos desaparecen".

— Buen título. ¿Cómo se llama el primero?

— "Cuando los mundos se cruzan".

— ¿Es el segundo una continuación?

— Así es.

— Tengo Amazon en mi tableta. Los voy a comprar y los leeré antes de llamarla.

— Son bastante voluminosos.

— Yo lo soy más y, además, leo rápido.

— Excelente. Así tendrán algo de qué hablar.

— Tengo la impresión de tendríamos algo de qué hablar de todos modos. manera.

Este tipo sigue sumando puntos. Le tengo que preguntar a Alex acerca de él. Blackwell lo adora, eso es un extra. Lo castraría si no le gustara.

— ¿De verdad tengo que llamarle Tank? —le pregunté.

— No si no quiere, pero creo que es conveniente en nuestra situación. En caso de que me necesite si no estuviera cerca, sólo tiene que gritar *Tank* y en un salto estoy allí. Rodeados de gente, cualquiera puede llamarse Mitch, pero estoy seguro que yo sería el único Tank en los alrededores. Así es como yo lo veo.

Y así, lo entendí perfectamente. Cuando llegamos a la Wenn, le pedí a Tank que subiera conmigo.

— Necesito la opinión de un hombre.

— Tiene a Bernie.

— Y lo adoro, pero no estará dispuesto a criticar su propio trabajo. Necesito la opinión de un heterosexual para saber si Bernie ha acertado o no.

— No creo que al Sr. Wenn le guste que la mire de esa manera.

— El Sr. Wenn es un hombre de negocios. Voy a meterme en un asunto de negocios muy serio, un negocio lleno de tiburones. Blackwell no está aquí. Necesito una segunda opinión. ¿Me ayudaría? No es más que una opinión.

— ¿Quién le ha dicho que soy heterosexual, de todas maneras? —dijo.

El corazón me dio un vuelco pensando en Lisa, pero entonces se rio. Le miré a los ojos en el retrovisor y vi que los tenía arrugados.

— Es usted fácil de sorprender. Subiré y le daré mi opinión siempre y cuando no llegue a los oídos del Sr. Wenn. Todos sabemos lo que siente acerca de usted, señora.

— Jennifer, por favor.

— Jennifer.

— Y no le llegará. Pero aunque lo hiciera, Alex es inteligente y lo suficientemente seguro de sí mismo para entender por qué necesito una opinión. Voy a verme con Henri Dufort esta noche. Necesito triunfar como sea. Con suerte, mis ideas deberían bastar, pero quién sabe. El traje perfecto nunca viene mal. Sea brutalmente honesto conmigo. ¿De acuerdo?

— De acuerdo.

ANTES DE SALIR DEL coche, Tank se aseguró de que no hubiera peligro en la acera de la Quinta. Luego me escoltó con rapidez hasta el edificio mientras el corazón me latía en la garganta. Pronto llegamos a la planta cincuenta y uno, donde nos esperaba Bernie y donde me pude relajar.

Bernie era un profesional consumado. Me dio un beso en la mejilla y la mano a Tank. Me dijo que Blackwell y él habían hablado de la clase de evento que se trataba y me llevó a nuestro simulacro de vestidor, donde me enseñó el vestido de noche que Blackwell había sugerido que llevara.

Era de un rojo luminoso, con una escote vertiginoso, sin mangas, con una franja ancha debajo del pecho y plisado de la cintura a los pies. Era precioso, pero tenía algunas reservas razonables.

— Me hice un corte en el brazo la otra noche. No es muy atractivo. No creo que nadie quiera verlo.

Bernie descolgó de una percha una vistosa capa roja que parecía no tener peso. Era más larga que el vestido y se abrochaba al cuello. Encima del traje, el conjunto era espectacular, mi preferido desde el traje Gastby. Era lo suficientemente alta para poder llevarlo, pero ¿podría realmente llevarlo? Era un traje que pertenecía más al espectáculo.

— Querida, con esa capa, nadie va a ver otra cosa que una columna roja en la habitación. Vas a ser la estrella de la noche. Te lo puedo asegurar. Es Giambattista Valli, alta costura. Nadie va a llevar nada parecido porque este es de la colección para el año que viene. Está en la portada de la edición de otoño de Vogue, ya en los quioscos, pero nadie puede echarle las manos encima porque no está aún a la venta. Bueno, casi nadie. Esta noche, tú eres la preciada excepción. Vas a llevar el traje que toda mujer a la moda ha estado deseando desde que la revista apareció hace un par de semanas. Las mujeres indicadas, que será la mayoría de las mujeres que Peachy ha invitado, lo reconocerán inmediatamente. Vas a ir por delante de ellas, provocando envidia e irritación, pero sólo con las mujeres. Los hombres se pelearán por verte de cerca.

— Como para pasar desapercibida. ¿Cómo lo conseguiste?

— La Sra. Blackwell lo consiguió.

— ¿Y cómo lo hizo?

— Algún hechizo. Vudú.

— En serio.

— ¿Qué importa? Ahora, vístete. La ropa interior está en la mesa. Los zapa-tos allí. Tank y yo esperamos fuera para ver cómo te queda antes del peinado y del maquillaje. Estaba pensando hacerte algo suelto con el pelo esta noche. Ojos cenizos. Los labios del color del vestido. Joyería sencilla, un brazalete de diamantes y unos solitarios de pendientes. Nada que distraiga del traje. Henri Dufort no es tonto, no se dejará deslumbrar. Pero una mujer segura, guapa, con una inteligencia que destaca por encima de un vestido como este no es tonta tampoco. Lo vas a impresionar a todos los niveles. Con eso, vas a preparar el terreno para que Alex cierre definitivamente el trato con él.

ALGO MÁS TARDE, UNA vez que Bernie terminó de secarme el pelo y de darle el toque final al maquillaje, vi a una persona que no reconocía en el espejo. Me levanté con dificultad porque tenía la cadera entumecida de estar sentada, dejé que Bernie me pusiera la capa alrededor del cuello y luego me volví hacia él y Tank.

— ¿Y bien?

— Más que bien —dijo Bernie—. Espero que haya un médico en la casa.

— ¿Tank?

Me miraba como si yo fuera de otro mundo

—Tenga su teléfono listo para llamar a emergencias. Bernie no bromea. Nadie va a estar a su altura, Srta. Kent.

— Podría pisarme la capa —dije—. Es demasiado larga.

— Esto es lo que tienes que hacer —dijo Bernie—. La levantas un poco con las manos y te la acercas al cuerpo cuando vayas a andar. Veamos. Prueba. ¿Verdad? No es difícil en absoluto. Si quieres añadir color, y sólo si tienes suficiente espacio, abre los brazos un poco y la capa aleteará al moverte. Pero, te aviso, cuidado con la gente que podría, *accidentalmente,* pisártela. Intenta no moverte mucho o podría ser desastroso. Siempre que puedas, no te muevas. Recuerda, eres una columna. No hay necesidad de mezclarse con la gente, la gente vendrá a ti. Cuando estés parada, asegúrate de que la capa permanece alrededor de tus pies. Mantenla así para que nadie la pise y dañe la tela. ¿*OK*?

— *OK*

— La alta costura es así de jodida.

Le sonreí moviendo la cabeza de una lado a otro.

— Tendré mucho cuidado.

Me volví y me miré una vez más al espejo. Ni siquiera me reconocía. Lo que Bernie hizo fue espléndido y atrevidamente inusual, pero ¿era demasiado?

— Esto es pura sexualidad, Bernie, mezclado con una buena dosis de *glamour* años 80. ¿Tú crees que todo eso va bien con este tipo de eventos? No la conozco de nada, pero me da que Peachy Van Prout está en el registro de sociedad.

— Y tanto que lo está —dijo Bernie.

— No quiero ofenderte, pero este no es el *look* del registro.

— Tienes razón, no lo es. Es un *look* que va a causar alboroto. La gente hablará de él. Como se trata de una función benéfica y a Peachy no le gusta otra cosa más que estar siempre presente en los medios, ten por seguro que te harán fotografías. Algunos dirán que es inapropiado. Otros te alabarán por llevarlo. ¿A quién le importa lo que piensen? Porque este tipo de *look, Jennifer,* con este traje tan codiciado, no tiene precio. Esta fiesta es tu presentación en sociedad. Se trata de ti, sin Alexander Wenn del brazo. Toda una declaración. Es la prueba de que no lo necesitas para representar a la Wenn. Hoy es cuando la gente vendrá a ti. Confía en mí. Blackwell y yo lo pensamos bien y tuvimos en cuenta todos los posibles escenarios. Nos decidimos por este *look* por una razón. Henri estará cautivado. Los demás estarán hablando de ti, bien o mal. Pero espérate a mañana. Veremos quién aparece en la *Página Seis* entonces y quién es la última en marcar las pautas de moda en Manhattan.

CAPÍTULO OCHO

PEACHY VAN PROUT VIVÍA en una de las pocas mansiones que quedaban en Park Avenue. Ubicada en la Calle 68, era mucho más ancha que las casas que tenía a ambos lados. Estaba iluminada con una hilera de luces que alumbraba la planta baja del edificio y el resultado era espectacular. Tenía ocho ventanas a lo ancho y cinco pisos de altura. Una verja de hierro guardaba la entrada y dos arbustos podados artísticamente flanqueaban la puerta de caoba. Era elegante y sencilla a la vez, lo que se espera del linaje de Peachy y de las expectativas que del mismo se derivan.

— Hemos llegado —dijo el conductor.

Tank me miró.

— ¿Lista?

— Lista.

Tank y yo salimos del coche. Una leve brisa me levantó la capa como un latigazo carmesí que aleteó a mi derecha hasta que pude sujetarla y tenerla bajo control. Sucedió que esa fue mi inesperada y efectiva entrada. Algunas de la lista de mejor vestidas que esperaban para entrar tomaron nota y empezó el cuchicheo. Tank se puso a mi lado, su mano en mi espalda, y pronto nos vimos dentro sin más incidentes.

— La de la derecha, justo enfrente de usted, es Peachy recibiendo a los invitados. Su marido se llama Robert.

— ¿Por qué me resulta tan familiar?

— Antiguo director ejecutivo de Citibank.

— Claro. Ahora recuerdo.

Miré a los diferentes grupitos de gente que avanzaban a través de la luz ámbar y subían las escaleras de caoba hasta el primer piso. Supuse que allí servirían el cóctel, pero quién podía asegurar nada con este selecto grupo. Al menos no una muchachita de Maine.

Al poco, había saludado al Robert, cordial y aburrido, y me encontraba delante de Peachy, una rubia alta, delgada, que se acercaba a los setenta pero a la que el cirujano hábilmente le había recogido dos décadas de piel. Llevaba un vestido dorado que parpadeaba con la luz y que resaltaba el color de su piel. A pesar de las cosas desagradables que había oído acerca de ella, me pareció una mujer muy atractiva.

Pero, ¿lo era también por dentro?

— Hola —me dijo con la mano extendida. No fue exactamente un apretón de manos, sino más bien una mano suspendida con los dedos inclinados al suelo. Me estudió mientras nos saludábamos.

— Jennifer Kent —dije—. Soy la invitada de Henri Dufort.

—Naturalmente —dijo—. He oído tanto de ti, Jennifer. Un placer. Peachy Von Prout. Eres la acompañante de Alex, ¿verdad?

— Los soy.

— ¿Y cómo estás? Robert y yo hemos leído en el *Times* lo que os pasó a los dos. Sonaba espantoso y hemos estado muy preocupados. Tú parece que estás bien y muy guapa esta noche. ¿Cómo está Alex?

— Recuperándose, gracias a Dios.

— Entonces, me alegro que te encuentres lo suficientemente bien para venir. Y, después de lo que te ha pasado, que estés sólo bien no hace justicia a tu apariencia. Querida, estás bellísima. Y reconozco ese traje. No quiero saber cómo lo has conseguido, pero sospecho que tiene algo que ver con una tal Sra. Blackwell. Todo el mucho sabe que esa mujer puede obrar milagros. ¡Y esa capa! ¡Qué hermosura! ¡Qué actual! ¡Qué perfecta! —Se inclinó para hablarme al oído—. Este grupito está envejecido. Necesitamos gente joven como tú para dar vida a tanta cadera de titanio.

Me pareció divertida y agradable. Se volvió hacia Tank.

— ¿Es él tu ....? —preguntó sin saber cómo seguir.

— Después de lo que pasó la otra noche ....

Abrió los ojos y movió la cabeza indicando entender el mensaje

— No me digas más. Lo entiendo y me tranquiliza. Peachy —dijo dirigiéndose a Tank— ¿Y usted es?

Su mano desapareció en la de él.

— Mitchell.

— Un placer, Mitchell. ¿La protegerás bien?

— Por supuesto que sí, señora.

— Te sienta muy bien el esmoquin.

— Gracias, señora.

— Las bebidas en la primera planta. Cena en dos horas en la segunda. Seremos sólo cincuenta. —Miró preocupada a Tank—. ¡Ay, querido! No había contado contigo.

— No es necesario, señora. Me quedaré en la primera planta si no tiene inconveniente.

— Ninguno. Y no te voy a dejar sin comer. Me aseguraré de que te sirvan la la cena allí. Cuánto siento que no haya sitio en la mesa.

Alex no la soportaba y Bernie pensaba que era una exhibicionista, pero mi primera impresión fue la de una mujer amable y sincera. No tenía obligación de ser más que cortés conmigo y con Tank, pero fue mucho más allá de eso. Me sentí bienvenida.

— ¿Ha llegado Henri? —pregunté antes de dejarla.

— Está arriba. Llegó hace veinte minutos. Estamos esperando unas doscientas personas para el cóctel, así que va a estar lleno arriba, pero ya lo encontrarás. Le encanta pasearse. Mi consejo es que no te muevas de tu sitio y espera a que él aparezca.

— Gracias.

Inesperadamente, volvió a darme la mano y a admirar mi vestido.

— Nadie va a saber lo que hacer contigo, Jennifer. Prepárate. Te has arriesgado poniéndote ese traje. Me alegro que lo hicieras. Estoy aburrida de este grupo de gente no atreviéndose con nada nuevo. Me cansa lo viejo, lo seguro, lo de siempre. —Levantó el mentón hacia mí—. Y tú no eres lo de siempre. Tendrás que volver pronto. Esperemos que con Alex, aunque también nos gustaría que Mitchell se uniera al grupo. Te prometo que habrá una silla para ti —le dijo—. Me avergüenza no tener una hoy. ¿Tienes esposa o alguien a quien puedas traer contigo? —preguntó.

— No esposa. Lo otro, promete pero aún está por ver.

— Por Dios —dijo Peachy—. Qué tono tan marcial.

— Estuve en el ejército, señora.

Ella le puso la mano en el brazo.

—Pues bien, espero que se vea pronto porque nos encantaría tenerlos a todos para cenar.

— NO HAY DUDA. ES DEL todo agradable.

— Estoy de acuerdo.

— No me importa lo que Alex piense de ella, ni si Bernie cree que es una exhibicionista. Nos ha tratado con amabilidad. Tank, es posible que no sepa nada de mi, pero yo vengo de la nada. Cero. Siempre estoy prevenida en contra de esta gente y aún así me ha gustado inmediatamente. Tiene auténtica clase.

— Y una dosis de buen trabajo encima también.

Lo miré mientras seguíamos a la multitud camino de la impresionante escalera de caoba.

— ¿Quién es usted, Tank?

— No su típico tanque.

— ¿Seguro que no es gay? Porque lo que acaba de decir tenía muy mala baba.

— No gay donde los haya. Pero he estado conviviendo con esta gente siete años. Tres de ellos como el guardaespaldas de Diana. Nos hicimos amigos. Algunas veces podía ser realmente punzante. Se me pegaría algo de eso, para bien o para mal.

— ¿Cómo era ella?

— Le habría gustado. Creo que hubieran sido amigas. Se parecía a usted, pero era diferente.

Yo apenas sabía quién era Diana realmente. Si Tank estaba dispuesto a compartir lo que él sabía, yo estaba dispuesta a escucharlo.

— ¿Diferente cómo?

— No tenía la confianza en sí misma que tiene usted. Tampoco tenía su olfato para los negocios y no tenía interés en la Wenn. Era una especie de espíritu libre. Tenía sus propios intereses.

— ¿Qué intereses eran esos?

— Esa es la cosa —dijo—. No creo que ella lo supiera. Creo que la devoró la Wenn, especialmente cuando Alex tuvo que hacerse cargo después de que muriesen sus padres.

— En un suicidio-asesinato.

Me miró.

— Así es. Siempre me pareció un poco perdida. Algo triste, pero lo ocultaba bien. No sé cómo describirlo. Era complicada. Pero también era inteligente y cuando se lo proponía podía ser divertida. Solía decir cosas en algunas ocasiones que me hacían reír. Me gustaba su ingenio.

— Siento que Alex la perdiera. Y a sus padres.

Tank no respondió. A pesar de lo estoico que era, noté que estaba pensando en Diana y probablemente echándola de menos. No quise seguir la conversación y llegamos a la escalera en silencio. Parecía como si no me hubiese oído. Probablemente hubiera estado muy vinculado a Diana. Quizás recordarla le era doloroso.

— Tank, lo siento. No debería haberla mencionado. No sabía que tuvieran tanta relación.

Aclaró la garganta y me miró.

— Usted no es Diana, Jennifer. Usted es diferente. Extraordinaria a su manera. Alex no buscó la misma mujer. ¿De acuerdo? Sé lo que está pensando. No lo haga. Usted tiene más intensidad de la que ella tuvo. Usted no teme preguntar a otros qué piensan y ella sí lo temía. Usted está aquí para hacer que Alex se sienta orgulloso. No era siempre así para Diana. A veces creo que se sentía compitiendo con él y con sus negocios. No le hacía feliz. A veces se rebelaba y le causaba problemas a él.

— ¿De qué manera?

— Con su comportamiento. Algún berrinche que otro. No todo el mundo puede tolerar esta clase de escrutinio y presión. Pero un día, de repente, muere. Creo que Alex sabía que murió infeliz. Creo que esto lo afectó profundamente y por eso evitó cualquier relación por tanto tiempo. Pero todo esto es especulación por mi parte y espero que se quede entre nosotros.

— Todo queda entre nosotros. Mis labios están sellados.

Lo dije de verdad. Cuando alguien confiaba en mí y me pedía no decir nada, nunca lo decía.

— Déjeme preguntarle. ¿Se pondría ella algo así?

— De ninguna manera.

— Así que me he pasado.

— En absoluto. Sólo llegó al límite. Bernie tenía razón. Los vi a él y a Blackwell intentando vestir a Diana muchas veces. Querían que fuera arriesgada con la moda porque sabían que ella podría llevarlo y sabían la atención que eso atraería. Pero ella era demasiado conservadora y rechazaba ser parte de todo eso. Le parecía que la gente debería interesarse por ella no por lo que llevaba puesto, sino por quién era en sí. Admiro su actitud, pero era una actitud ingenua con este grupo. A veces, se preguntaba en voz alta por qué la prensa la ignoraba. No entendía que tenía que sorprender a todos asumiendo riesgos e imponiendo su sello. Nunca entendió que lo que llevara puesto y lo que ella fuera tenían que encontrarse a mitad de camino. Blackwell y Bernie lo sabían, pero Diana no. Nunca supo cómo trabajarse los medios como ellos lo hacían. No le importaba que la Wenn necesitase de la prensa que ella les podía haber dado. Diana era guapa y si hubiera sido más lanzada podría haberles proporcionado toda esa prensa. Usted le va a gustar a toda la junta mañana, por no mencionar a Alex, porque la van a fotografiar esta noche. Probablemente más de lo que se imagina. Creo que es usted muy valiente.

— Y yo creo que he perdido la cabeza.

— No lo digo a la ligera. Esto no es nada comparado con lo que se le viene encima. Con cualquier cosa que se ponga será alabada o criticada. Las críticas serán en su mayoría crueles, principalmente en los *blogs,* que es donde más maltrataban a Diana. Pero a usted también la alabarán. ¿Cree que podrá sobrellevar la dicotomía?

Este hombre era más inteligente y perspicaz de lo que había supuesto. Me sorprendió.

— No lo sé.

— Porque con lo que lleva hoy puesto, empieza mañana. Se hablará de usted. Tanto para bien como para mal. Tiene que estar preparada.

— ¿Me han tendido una trampa Bernie y Blackwell?

— No. Eso nunca. No son así. Ellos lo ven como una forma de darle protagonismo. Tendrá la cobertura que ellos buscan, pero la realidad es que se trata de lo que la Wenn quiere, la cobertura y los acuerdos que consiga. Si funciona, todos salen ganando. Pienso que la intención de ellos es convertirla en una ganadora y en una de las figuras esenciales de la ciudad. Ese es su objetivo. Creo que no lo ha captado, Jennifer. Está a punto de hacerse famosa entre la *jet set*.

— Ahora sí que estoy más que nerviosa.

— No era esa mi intención.

— Necesito tener gente sin tapujos a mi alrededor, Tank. Le agradezco su opinión y su sinceridad. Ahora sólo me queda sobrevivir esta noche y no defraudar. Aparentemente, necesito dar la talla.

— ¿Le ayudaría un martini a mantener a raya la ansiedad?

— No sabe cómo. Pero necesito tener cuidado. Tengo que pensar con claridad. Dos martinis es lo más que me puedo permitir esta noche.

Punto. No beberé nada más. Conozco mis límites. Por favor, asegúrese de que intercepta todas las bebidas que se me acerquen, tan discretamente como sea posible.

— ¿Qué tal si le traigo yo mismo la primera?

— Me encantaría. ¿Puede usted tomar uno?

— Nunca bebo cuando estoy de servicio. Jamás.

— ¿Y qué tal una copa de martini llena de agua muy fría y un poco de limón para aparentar?

— Eso sí puedo hacerlo —dijo—. Pero si sale en la prensa, tendrá que explicárselo al Sr. Wenn.

— Sin problema —contesté—. Vayamos por esa bebida. O vaya usted por esa bebida. A usted, que le pongan Aquafina o lo que estén sirviendo aquí esta noche. ¿Quién sabe? Quizás la tengan con vitaminas, lo que no le hace ninguna falta.

Con la capa recogida, subimos la escalera al primer piso, que se extendía delante de mí sin poder verle el final, era así de largo. Panelado de madera oscura e iluminado con calidez, de manera que favorecía a cualquiera que necesitara ser favorecido, estaba lleno de gente. En ese momento, antes de entrar en la habitación, me incliné hacia Tank.

— ¡Cuánta gente! —exclamé— ¡Y qué enorme es este salón, Dios mío! ¿Quién puede permitirse esto?

— Peachy Van Prout puede —dijo—. Y sus padres y sus abuelos antes que ella. Heredó todo esto de ellos, ¿no lo sabía? Estaban en el negocio del azúcar. Todavía lo están. Su azúcar está en toda clase de bebidas y salsas. Piense lo que ese mercado da de sí. Cuidado con la capa.

Me ofreció su mano y me ayudó a subir el último escalón por si me enredaba con ella. Afortunadamente, no lo hice. Cuando miré para localizar el bar, me encontré con docenas de caras mirándome. Vi a hombres mirándome y a mujeres mirándome. Algunos no con simpatía. Otros con una mezcla de sorpresa, lujuria, desagrado, desdén y fascinación. La variedad de reacciones fue demasiado para digerirlas a la vez, pero necesitaba confiar en Blackwell y Bernie. Las peores miradas las recibí, como era de prevenir, de las mujeres, lo que significaba que había ganado la partida.

Una reacción en cadena de codo contra codo y más y más caras apuntaron hacia mí. Desde algún lugar a mi izquierda se disparó un *flash*. Y luego otro. Era consciente de los ojos que recorrían mi cuerpo de arriba abajo. Mentiría si dijera que no me sentía incómoda y en control a la vez. A mi derecha vi a Immaculata Almendárez, con la boca abierta mientras se abría camino entre la multitud para verme de cerca. Clavó los ojos en mí, queriendo decirme: *Este no es tu sitio, especialmente sin Alex. ¿Cómo te atreves a hacer acto de presencia entre los míos?*

No queriendo defraudarla, dejé la capa caer con un ligero movimiento de brazos, abriéndola a ambos lados como alas. Alguna cámara disparó repetidamente en ese momento. Desafié con la mirada a Immaculata mientras que la capa se abrazaba a mí de nuevo.

— ¿Qué fue eso? ¿Imitando a algún súper héroe?

— Si pudiera... Fulminaría a Immaculata.

— ¿Y quién es esa?

— Siento tener que ser tan cruda, pero es una mala puta. No es una palabra que use mucho, pero no tengo otra. ¿No se ha dado cuenta?

— ¿Quién no? Mírele la cara. Sin duda no le gusta usted.

— Eso sería lo de menos.

— ¿Qué quiere decir?

— Me odia.

— ¿Por qué?

— Es demasiado largo para lo que merece.

— Pero, ¿quién es?

— Un toro —respondí—. Un toro sin escrúpulos. En resumidas cuentas, quería a Alex para ella, pero él no estaba interesado. Por alguna razón estaba interesado en mí. Ahora mismo, le encantaría embestirnos a mí y al vestido.

— Al fin y al cabo es rojo.

— Ideal para torear.

— ¿Debería tirar a matar si se le acerca?

Empezamos a caminar entre la gente hasta el bar, a nuestra izquierda. Por el camino, mantuve la mirada a Immaculata hasta que finalmente ella miró a otro lado, torciendo la expresión y muy probablemente hablando pestes de mí a quien quisiera oírla.

— Y privarme del ratito que sé que vamos a pasar entre las dos más tarde. Ni hablar. Lo voy a saborear. Me voy a poner las botas

— ¿Cree que se enfrentará con usted? ¿Delante de todos?

— Especialmente delante de todos. Soy una inferior. Lo sé. No es mi lugar. Pero eso no significa que vaya a tolerar sus insultos.

— En eso es en lo que no se parece en nada a Diana —dijo Tank.

CAPÍTULO NUEVE

ESTABA A PUNTO DE EMPEZAR mi segundo y último martini de la noche cuando finalmente vi a Henri Dufort entre la gente. No era un hombre alto, de hecho era más bien bajo, y probablemente por eso no lo había visto antes a pesar de no haberme movido del mismo sitio por algo más de una hora. Pero en cuanto hubo un leve cambio de marea entre la gente lo vi.

— Por fin. Allí está. Debería acercarme —dije a Tank.

— Vaya —dijo—. Peachy tiene su propio servicio de seguridad. ¿No lo ha notado?

— No me he dado cuenta.

— Quizás sea porque el embajador francés está aquí. Tengo que admitirlo. Lo ha hecho bien. He contado al menos una docena de hombres y mujeres alrededor, entre su servicio y el servicio del embajador. No voy a cansarla diciéndole quiénes son, pero sepa que son buenos. Pasar desapercibidos en estos sitios es difícil y lo están haciendo muy bien. Me quedaré en el bar y la vigilaré desde aquí. Vaya y preséntese a Dufort. No hay problema.

— Estoy nerviosa. Me siento como si estuviera a punto de echarlo todo a perder para Alex.

— La junta no la hubiese enviado si lo creyeran posible. El acuerdo con la Streamed fue su idea, ¿no?

Asentí con la cabeza.

— ¿Y recuerda por qué era una buena idea?

— Perfectamente —dije sin dudar.

— ¿Cuál es el problema entonces? Esa es la seguridad que tiene que darle a Dufort. Adelante, Jennifer. Negociar por sí misma no es algo que haya hecho antes, pero recuerde que Alex apenas había empezado cuando sus padres mu- rieron y pudo hacer frente a las circunstancias.

— No estoy aquí para cerrar ningún acuerdo, sólo para continuar la conversación y responder a sus preguntas.

— Todavía mejor. Vaya, vaya.

Dejé mi martini en el bar, me sujeté la capa de forma que ni yo ni nadie pudiera pisarla y atravesé la habitación. Un camarero se detuvo a mi lado con una bandeja de plata repleta de copas de dorado, burbujeante, champán y me preguntó si quería una. La rechacé a pesar de que lo estaba deseando. Una señora mayor me tocó en el codo.

— Preciosa —dijo—. Simplemente maravillosa.

Le di las gracias. Acto seguido oí a una mujer decirle a otra que yo era la joven del *Times*.

— La chica de Alexander Wenn, creo. Sola y tan llamativa. Me pregunto lo qué pensará él de esto.

Finalmente llegué hasta Dufort, un hombre atractivo, bronceado, con una hermosa cabellera plateada. Estaba hablando con una pareja de aspecto severo que se quejaba de lo costoso que era encontrar la adecuada ayuda doméstica para su casa en la costa turca.

— Solía ser unos pocos centavos la hora a lo largo de la Costa Turquesa, Henri —decía la mujer, refiriéndose a la preciada porción de costa—. Centavos. Ahora quieren un dólar. ¡Un dólar! Por doblar la ropa y recoger migajas. Ridículo. ¿No saben la suerte que tienen de trabajar para nosotros? ¿De trabajar en un oasis? ¿De ser alimentados por nosotros? Tú has estado en nuestra casa, tú sabes lo espléndida que es y esta gente, que no tiene nada, nada, tienen el privilegio de trabajar catorce horas al día para nosotros en lugar de pasarse el día fatigando en los arrabales donde viven. Eso tiene que valer algo. He llegado al punto de no soportar a ninguno de ellos. Tres de mis asistentas, Bilge, Erbil y Gülcan son especialmente imposibles. Nos dan a Gerald y a mí una semana para aceptar sus demandas o se van. ¿A quién se le ocurre? ¿Hablarnos así? Como todos ellos, esas tres también huelen fatal. Así que si se van, al menos nos libramos de eso.

— Quizás el dinero extra les pueda servir para comprar jabón —dijo Dufort.

— ¿Comprar qué?

— Jabón —repitió—. Y hasta detergente, o ropa nueva, o desodorante. De esta forma te serían menos agravantes.

La mujer parpadeó. Fue a hablar, pero parpadeó otra vez. A mi derecha, un murmullo se extendió entre la gente. Vi las luces de las cámaras disparando. Pero eso había pasado tantas veces esa noche, hasta conmigo, que empezaba a cuestionarme si Peachy no sería en realidad una exhibicionista, a pesar de que me cayera bien. Me preguntaba qué celebridad o persona de interés estaba ahora alrededor. Poco importaba. Pronto, nuevas luces empezarían a disparar en dirección a una nueva marejada de gente y el circo mediático volvería a repetirse. Duffort encogió los hombros a la mujer con la que hablaba. Entonces me vio a mí, se disculpó con la pareja diciéndoles que continuaría la conversación más tarde.

Se volvió hacia mí y me besó en las mejillas.

— Jennnifer —dijo—. Justo a tiempo. Siento que tuvieras que escuchar eso.

— Sr. Dufort —repliqué—. Siento haber aparecido en un momento tan inoportuno.

— Llámame Henri. Y, por favor, esos dos se regocijan con sus ridículos dramas domésticos como cerdos en el fango. Están entre la gente más rica y más miserable que conozco. Me relaciono con ellos y los soporto por los negocios. Si no, me desharía de ellos al instante.

Se echó atrás para mirarme.

— Ya sé que eres inteligente —dijo—. ¿Puedo decirte que eres también muy guapa?

Me sonrojé con el cumplido, pero sabía que no debía ignorarlo y lo acepté.

— Ninguna mujer se opondría a algo así.

— Al menos tú no deberías. Eso sí es un vestido. Seguro que tienes a todos confundidos.

— Me han lanzado algunas miradas curiosas.

— Seguro. Y algunas de envidia también.

— Y quizás muchas más de perplejidad. Con esta capa me siento como un súper héroe, Henri. Es un poco excesiva.

— ¿No es ese el objetivo? Mira a tu alrededor. ¿Qué no es un poco excesivo?

Me reí.

— Tiene razón.

— ¿A quién le importa lo que esta gente piense? A mí no, ciertamente. A ti tampoco debería. Son simplemente gente, Jennifer. La misma sangre, las mismas vísceras. Son gente con dinero y cierto grado de influencia, seguro. Pero la mayoría de ellos se casan entre ellos y por eso muchos son idiotas. Créeme.

— No pretendo saber demasiado acerca de esta sociedad. Vengo de la nada.

— ¿Y qué?

— No tengo nada que decir de ninguno de ellos.

— ¿Qué quieres decir con eso? Mira alrededor. Casi todo lo que ves es dinero heredado. Esta gente no sabe lo que cuesta su sustento, que lo ganaron para ellos sus bisabuelos.

Yo no sabía mucho de Henri. Pero era tan cáustico acerca de quienes lo rodeaban que supe que tenía que haber alguna razón para ello. Al margen, me estaba diciendo algo acerca de él mismo. Confié en mi instinto y decidí hurgar.

— Discúlpeme si me equivoco, pero tengo la impresión de que usted se hizo a sí mismo. ¿Me equivoco?

— Desde los cimientos. Como lo harás tú.

— Bueno, ya veremos.

— Oh, lo veremos. Lo veremos todos. Tienes un brillo en los ojos. Reconozco ese brillo. Se llama determinación.

Lo había juzgado mal por entero. Pensaba que porque era inmensamente rico sería arrogante y difícil. Lo mismo pensé de Peachy. Pero nada más lejos de la realidad. *Lección aprendida.*

— ¿Cómo empezó usted? —pregunté.

Levantó las manos y se las llevó al corazón.

— Como un niño pobre de las calles de París.

Me rendí a su encanto.

— Quise decir en los negocios.

— Ah, eso. Bueno, esa es una larga historia también, así que te daré la versión resumida. Trabajé duro, tuve suerte, seguí trabajando duro, me arruiné, trabajé más duramente, tuve suerte, recibí un buen golpe, me arruiné otra vez, me levanté, peleé, gané, perdí, gané y así sucesivamente. No lo digo por decir. Es así como fue, más o menos. Pero con cada fracaso, aprendí algo nuevo. Entendí en qué me había equivocado y no volvía a cometer el mismo

error otra vez. La mayoría no se para a pensar en sus errores o no se toma el tiempo de analizar lo que ha pasado. No se quieren enterar. Entender por qué ha ocurrido algo y no cometer dos veces el mismo error es clave.

Me sonrió. Estaba sorprendida de lo agradable que era. Quizás ese fuese un factor importante en su éxito, hacer que la gente se sintiera cómoda. La primera vez que lo vi, estaba sentado en un trono dorado y la gente acudía a él en masa, prácticamente arrodillándose a sus pies. Entonces lo vi como si se considerara un mesías. Pero ahora, después de escucharlo hablar así, tuve que preguntarme por qué montaría esa especie de esperpento. Probablemente eso era lo que la gente veía en él, lo que esperaban de él. Probablemente era lo que creía que necesitaba darles. ¿Quién sabe? Así y todo, no me esperaba encontrarme alguien así. Era abierto y amable en un entorno que no siempre apreciaba esas cualidades.

— Estaba deseando verte esta noche —me dijo—. Especialmente desde que supe que la fusión de Streamed con Wenn Entertainment fue idea tuya. Es una idea brillante.

— Creo que la posibilidades son alentadoras.

— Es lo menos que podemos decir. Desde que Alex vino a mí con la idea, mi equipo ha estado recabando información y estamos más que animados. SI nos movemos con rapidez, creo que tenemos la posibilidad de crecer donde Netflix y otros competidores no tienen todavía una fuerte presencia.

— Yo hice mi propia búsqueda y estoy de acuerdo. Ustedes ya tienen la tecnología necesaria, que creo que es universal, ¿no?

— Con unas pocas excepciones, sí. Tengo entendido que ponerla a punto para el mercado global les llevaría a mis ingenieros y programadores unos pocos meses, lo cual no es nada.

— Más rápido de lo que esperaba. La Wenn tiene los contactos que pueden ayudarle a facilitar la entrada en los países en los que necesite ayuda. Juntos, usted y Wenn Enterprises pueden sumar fuerzas y construir juntos la infraestructura necesaria para vencer. No creo que sea tarde para empezar.

— Todo es digital ahora. Netflix se ha apoderado de los Estados Unidos. Bien. Me alegro por ellos. Pero realmente, como sabes, es un Mercado global. Mira Apple, por ejemplo. ¿Cómo compra todo el mundo su música hoy en día? ¿En las tiendas? Por supuesto que no. Mira luego Amazon y ve cómo están cambiando la forma en que compramos libros. Más y más gente los compra en internet para leerlos en sus tabletas. Los Estados Unidos están a la cabeza, lo que nos da una ventaja, una especie de laboratorio para el resto del mundo. ¿No te parece?

— Sin duda. ¿Por qué limitar Streamed al vídeo? ¿Por qué no música, televisión, libros? Amazon y Apple no son fuertes en todos los mercados. Hay oportunidades que debemos considerar, áreas en las que ellos no han entrado todavía. Al menos por lo que he podido saber y he podido saber mucho.

— No podría estar más de acuerdo. Aunque sólo podamos lanzar Streamed en contados mercados, si somos *el mercado* en esos lugares, ya hemos ganado. Creo que Alex, tú y yo haremos un gran equipo. —Hizo una pausa—. He oído lo que os pasó a Alex y a ti después de mi fiesta de cumpleaños la otra noche. Cuánto lo siento. ¿Está bien Alex? Tengo entendido que está en el hospital.

— Estaba en el hospital. Acaba de saltar de la cama.

Me giré para ver la voz familiar que oí a mi espalda. Me llevé la mano a la boca cuando vi a Alex. Llevaba un esmoquin. Estaba perfectamente arreglado. Apenas se veía algo de sus rozaduras detrás de lo que debía ser el trabajo de algún hábil maquillador. *Bernie y Blackwell,* pensé. Él me guiñó un ojo.

— Estás impresionante —me dijo—. Pero siempre lo estás. ¿Te han hecho muchas fotos? Me imagino que, viéndote así, habrá unas cuantas.

Antes de que pudiera responder, miró a Henri.

— Me alegro de verte. Henri.

Quería echarme a los brazos de Alex, pero habría sido inapropiado en esta situación, así que me contuve. En su lugar, busqué su mano y se la apreté con la mía. Me respondió de la misma manera y pude sentir la temperatura elevarse entre nosotros. Me volvió a calma. Alex estaba fuera de la cama, vestido para la ocasión. En ese momento, estaba segura de que nunca había sido tan feliz como entonces.

Henri Dufort se dio cuenta. Extendió su mano, buscando la mano libre de Alex y sujetándola entre las suyas.

— Tienes buen aspecto —dijo.

— Sí, estoy bien.

— Y enamorado. Es obvio. Nosotros los franceses... sentimos la energía. Nos mueve. Sabemos lo importante que es. Los negocios son importantes, pero también el amor. Y tú estás enamorado. Por fin estás enamorado de nuevo, Alex. Después de tantos años. Y es un lujo de mujer.

— Lo estoy.

— Fantástico. Vete a casa con ella. No hay necesidad de que estéis aquí por mí. Llévatela a casa. Estad juntos. Por cierto —dijo elevando la barbilla—, esta mujer es lista. Me ha convencido. Quiero que sea ella la que lidere el proyecto. Junto a ti, claro. Pero tú ya tienes bastante entre manos, así que la quiero a ella en el equipo. Hará que todo salga bien. ¿No te parece?

— Por supuesto. Vas a estar en las mejores manos con Jennifer.

— Entonces, no necesito más esta noche. Ahora mismo, los dos necesitáis estar juntos. Especialmente recién salido del hospital y después de lo que pasó el día de mi cumpleaños. Moveos. No voy a ser tan generoso la próxima vez que nos veamos. Quiero resultados, planes y estrategias. Pero esta noche, es hora de ser humanos. Recuerdo lo que era sentir un gran amor, antes de que Claire muriera. Y me imagino por lo que habéis pasado estos últimos días. Peachy encontrará a alguien a quien sentar a mi lado. Echa un vistazo alrededor, elige a alguien a quien no le gustaría tener un sitio en tan deseada mesa. Con unas pocas palabras, Jennifer ha conseguido que me entusiasme con el futuro de la Streamed. Así que iros.

— Henri —dijo Alex—, no he venido para interrumpir la conversación.

Henri me miró a mí primero y luego a Alex.

— Lo que tenéis que hacer es continuar vuestra propia conversación.

Inició su paso para irse, enfatizando lo que había dicho.

— Nos veremos pronto, en la Wenn. Seré yo el que vaya porque aún te estás recuperando. Ya sabes lo que espero de ti. Hablaremos, nos reiremos y triunfaremos. Seguimos adelante. Estoy listo para el siguiente paso, pero lo tomaremos con cautela. Mi asistente se pondrá en contacto con el tuyo. *C'est tout. Allons.*

Y Henri Dufort desapareció entre la multitud.

CAPÍTULO DIEZ

CUANDO ME VOLVÍ PARA mirar a Alex, tenía esa expresión adorable que tanto había echado de menos. Era el gesto que tenía normalmente cuando nos dirigíamos a algún evento y, después de haber si moldeada y transformada por Blackwell y Bernie, yo aparecía en la puerta del ascensor de su oficina en la Wenn.

En ese momento, me di cuenta de que éramos el centro de atención. Sí, de alguna manera, sentí como si fuéramos las dos únicas personas en una habitación llena de gente. Aún me tenía agarrada de la mano cuando la levantó y la besó en el dorso. Los labios se posaron brevemente en ella. Luego apretó la mejilla contra la mano y cerró los ojos como si se hubiera quitado un peso de encima.

Estoy enamorada de ti, pensé mientras recorría con los dedos su cabellera. *Todo lo que me preocupaba en el pasado se ha desvanecido. Eres un buen hombre, Alexander Wenn. Siento todos las paredes que levanté entre nosotros. Eran producto del miedo. Cómo me arrepiento. Creo en ti, te quiero, y no podría ser más feliz que estando contigo.*

— ¿Cómo? —le pregunté—. Dijeron que pasarías la noche. ¿Cómo saliste del hospital?

Me miró y se encogió de hombros.

— Les dije que echaba de menos a mi chica —respondió—. Les dije que podría tener un ataque al corazón si no la veía esta noche. Se lo pensaron un poco y, al final, me dejaron salir.

— Ven conmigo —dije—.

Le di la mano y lo guié entre la gente hasta el rincón izquierdo del fondo, donde había menos gente. Me puse delante de él, la espalda contra la pared para que nadie pudiera verme. Él de espaldas a la gente, para que nadie pudiera ver su cara. No era ideal, pero era todo lo discreto que podía ser dadas las circunstancias. Me acerqué a él y lo besé ligeramente en los labios porque sabía que cualquier despliegue de afecto en público no estaba bien visto en este sector de la sociedad. Pero a Alex no parecía importarle. Se inclinó sobre mí y me besó intensamente. Cuando separamos los labios, nos pareció contra natura, como un desgarro. Quería abrazarlo, pero el lugar nos lo negaba. Pude ver mi propia frustración reflejada en su expresión.

— No aquí —dije—. Sé que aún no estás del todo bien y que no podemos hacer nada. Pero podríamos echarnos juntos en el sofá...

— Nos vamos. Voy a tenerte esta noche. Estoy del todo bien.

— Es demasiado pronto. Me preocupa.

— El médico me dio pase dorado. Estoy listo.

— ¿Pase dorado? —pregunté levantando una ceja.

— Soy una máquina. Le dije al médico lo que pensaba hacer y me dijo que no me pasara. Le dije que me explicara qué era pasarse. Se quedó callado. Me tomó el pulso y me miró los ojos con una de esas linternas. Aparentemente no vio nada de qué preocuparse y me dio el alta, diciéndome que podía pasarme si quería.

— No sabes lo que supone para mí que estés aquí y que estés bien.

— ¿Quieres ver todo lo bien que estoy?

Me besó más apasionadamente de lo que lo hizo antes. Bajó los brazos y me agarró el trasero, apretándolo con las manos. Sentí su lengua abriéndose camino en mi boca y, cuando su incipiente barba me recorrió el cuello, sentí una tibia humedad entre las piernas y un cosquilleo en el cuerpo que me hizo revivir.

Sabía que no deberíamos estar haciendo eso en este lugar. Sabía que era inapropiado y que algunas personas se ofenderían, pero Alex conocía a esta gente mejor que nadie y al él no parecía importarle. Cuando le susurré al oído que deberíamos irnos, él simplemente hizo un simulacro de gruñido y me beso con más pasión aún.

Fue entonces cuando hubo una explosión de luces.

— No te cortes —dijo una voz familiar—. Es tu oportunidad, Bob. Así, así. Dispara. Saca a la luz este ofensivo ratito de fuegos artificiales. ¿Por qué dejar sus indiscreciones sólo para nosotros? Tómalos, que lo vea toda la ciudad.

A causa de las luces de *flash* no pude ver quién hablaba, pero reconocí la voz. Pertenecía a Immaculata Almendárez y estaba claro por su tono que estaba en ebullición. Quería matarla por hacerle esto a Alex. Nadie en la ciudad sabía quién era yo, pero ciertamente sí Alex y lo que estaba intentando era humillarlo públicamente. Para mi sorpresa, a Alex no parecía afectarle la conmoción. Se volvió a la cámara mirándolos de tal forma que los *flashes* cesaron en ese momento.

— Hola, Immaculata — saludó Alex.

Ella no respondió.

— ¿Así que, de repente, no puedes hablar?

Aparentemente no podía. No dijo nada.

Miró al hombre de la cámara.

— Como quiera, entonces. Tendremos que pensar de ella lo que piensa todo el mundo, que es una alcohólica perdida, infeliz y amargada. No lo conozco a usted, pero quiero presentarle a mi novia, Jennifer Kent, a quien no he visto por algunos días por razones que probablemente conoce. O no. En cualquier caso, ¿está listo para una última toma? Porque será la última, se lo aseguro. Pero no lo voy a defraudar. Le vamos a ofrecer una exclusiva que no olvidará. Luego, puede vendérsela a cualquier periódico para el que trabaje.

— El *Post*, Sr. Wenn.

— ¿Un "Página seis"?

— Esto es material para la "Página Seis".

— De hecho, lo que va a pasar ahora es más aún material para la Seis. ¿Preparado? Y tú, Immaculata. ¿Estás preparada?

— Vete al infierno, Alex.

— ¿Y pasar la eternidad contigo? No gracias. No veo ningún motivo de escándalo tener un momento con la mujer que amo. Así que, tome la foto, si es que son capaces de digerirlo usted e Immaculata.

Me di cuenta que Tank se había puesto al lado del fotógrafo. Sobresalía muy por encima de él. Su musculosa circunferencia y sus anchos hombros habían echado a una irritada Immaculata a un lado.

— Bésame de verdad —me susurró Alex al oído.

Me mordí el labio superior.

— Eres perverso —dije.

— Estoy enamorado, eso es todo. ¿Por qué no compartirlo con toda la ciudad? Algunos han estado esperando este momento por mucho tiempo. Quiero que vean lo afortunado que soy.

— Y lo afortunada que soy yo.

Inclinó la cabeza a un lado cuando dije eso. Luego, con calculado cuidado me rodeó la cintura con su brazo y me besó con tanta intensidad que me olvidé de las luces que empezaban a disparar. Sólo veía los destellos que tenían lugar en mi cabeza y eran tan sublimes como abrumadores. Estaba perdida en ellos y en él. Cuando se separó de mí, el hombre de la cámara se detuvo. Miré adonde él estaba y vi que Tank le había puesto la mano en el hombro.

— ¿Tiene su foto? —preguntó Alex.

— La tengo.

— ¿Me haría un favor? Hay dos formas en que esta historia puede ser contada. Puede usar alguna de las fotos más salaces que tomó antes con la ayuda de Immaculata y eso dará que hablar, o puede usar una más romántica de entre las que le hemos ofrecido ahora. No es ningún secreto que la ciudad entera ha estado esperando cuatro años a que me enamorara. Una y otra vez, su propio periódico se ha preguntado cuándo sería el día. Así que, ¿por qué no contestar a esa pregunta con una de esas fotos? Porque ha sucedido. Si opta por esta historia, Jennifer y yo le daremos una entrevista en exclusiva al *Post* una vez que nos casemos.

— ¿Te vas a casar? —preguntó Immaculata.

— Sí, si ella acepta. Pero, al contrario que tú, Immaculata, yo respeto a la gente y respeto a Jennifer lo suficiente como para no darle prisas. Tan pronto como lo sepa, informaré a este señor y a su periódico puntualmente.

Alex se volvió a él.

— Es una promesa, pero sólo si tiene la cortesía de elegir las fotos apropiadas. Si hay algún anuncio oficial, me encargaré personalmente de que sea usted el fotógrafo que cubre la entrevista. Eso le vendrá bien en su profesión. ¿Estamos de acuerdo?

— Lo que se publica es decisión de los editores.

— Lo comprendo. Esa es la razón por la que tiene que decirles exactamente lo que le he dicho y vendérselo a ellos. Mi palabra es firme. Usted y yo sabemos cuánto vale en esta ciudad mi posible boda, si tengo la suerte de celebrarla. ¿Trato hecho?

— Trato hecho.

— Espero verlo antes de lo que piensa, si entiende lo que quiero decir.

— Es una mujer muy guapa, Sr. Wenn.

— Gracias. Y yo un hombre muy afortunado, teniendo en cuenta el calibre de algunas de las mujeres en esta ciudad. La mujer que lo trajo hasta aquí, sin ir más lejos. ¿Nos vemos pronto, entonces?

— Haré lo que pueda.

— Eso espero, Bob.

— El Sr. Wenn se acordó de mi nombre —oí que le decía a Tank mientras este lo alejaba de nosotros.

Inmediatamente, Immaculata empezó a irse tras de ellos. Como sabía que si Alex le ponía una mano encima sólo le iba a acarrear mala prensa, fui yo la que intervino para detenerla.

Me miró con furia.

— Quítame las manos de encima, imbécil.

— Lárgate de aquí, Immaculata, o te juro que lo vas a lamentar —dijo Alex—. Haré que te cierren las puertas en las sociedades más selectas de la ciudad.

— No tienes lo que hace falta para eso —dijo ella—. Desde que el coñazo de tu mujer murió te has convertido en un patético monigote capaz de conformarse con esta putita.

Una boqueada de asombro recorrió la multitud.

— ¿Qué has dicho de su mujer? —pregunté.

Desafiante, me tiró la copa de champán que tenía en la mano a la cara, causando una nueva boqueada entre la gente. Sabía que tenía todo el derecho a defenderme. Con todo el coraje que pude reunir, le di una bofetada tan fuerte que la senté en el suelo.

— ¡Policía! —gritó.

— Es mejor que nos vayamos ahora —dijo Tank, dándome su pañuelo.

Me sequé la cara. Le dije a Alex que se apartara y me incliné a Immaculata, sujetándole la cara.

— Trata de jodernos otra vez y te juro que esto es sólo el principio. Vuelve a mencionar a su mujer y te pateo hasta reventar.

Empezó a levantarse de una manera que me pareció agresiva, enseñando los dientes. Decidí que era de hecho agresiva y le di otra bofetada, aún más fuerte, que la hizo caer sobre la espalda, agitándose en el suelo y cubriéndose la cara con las manos. Era tan dada al drama que empezó a resollar y gritar como si alguien le hubiera disparado. ¡Por favor!. Me agaché un poco más.

— Me arrojaste una copa a la cara. La gente lo vio. Me sentí amenazada y he actuado sólo en defensa propia. Tú y yo sabemos que Alex puede arruinarte socialmente, así que mejor te lames tus propias heridas, reconoces tus errores y nos dejas en paz de una puta vez. Si vienes por nosotros otra vez, estás acabada en esta ciudad. Piérdete.

— Los dos necesitan irse— nos dijo Tank a Alex y a mí—. Yo me encargo de los de seguridad y les explico lo que ha pasado. Vienen hacia aquí.

Barrí con mi capa el rostro de Immaculata, como si un toro, después de la estocada, yaciese desangrándose en el suelo.

— Bien. Vámonos.

Alex me miraba con intensidad. No estaba segura de reconocer en su expresión todo lo que podía estar pensando, pero sí reconocí su sorpresa, quizás aderezada con algo de temor.

— Nadie va a joderte estando yo delante —le dijo—. Nadie.

Le di la mano y empezamos a abrirnos paso entre la gente que había visto el incidente. Nos siguieron con la mirada, emitiendo ruidos de desaprobación con la lengua. Aunque oí a un hombre decir: ¡bien hecho!

— ¿Estás bien? —preguntó Alex.

— Un poco mojada. Nada que una chica de Maine no pueda aguantar.

— Las de Maine sois duras.

Lo miré de reojo y vi un atisbo de humor en sus ojos.

— Esa mujer quería humillarte.

— También a ti.

— No me importa. Me importas tú. Se pasó de la raya.

— Lo hizo... con los dos. Tú importas tanto como yo, Jennifer. El dinero no define a una persona ni cómo deber ser tratada. —Hizo una pausa—. En general, no apruebo la violencia, pero hasta cierto punto me alegro que la abofetearas. Te tiró encima una bebida. Lo que hiciste fue provocado.

— La abofeteé dos veces.

— Y bien. La derrotaste de verdad la segunda vez que cargaste contra ella.

Respiré hondo para calmarme los nervios y lo miré mientras que salíamos a toda prisa. Me apretó la mano queriendo aliviar la situación.

Tenía que quitarme de encima todo lo que había pasado o arruinaría el resto de la noche y no iba a permitir que eso pasase, o Immaculata habría ganado. Respiré una vez más y le respondí apretándole a su vez la mano.

— Chillaba como una cerda. ¿Verdad?

— Pues sí. Como una cerda mal nutrida.

— No me hagas reír.

— ¿Por qué no? Estás guapísima cuando ríes.

— No con el maquillaje corrido.

— No lo está. Todo bien. Conociendo a Bernie, tengo el presentimiento que sólo usa los mejores productos. De verdad, nadie diría que hubiese ocurrido algo.

Giramos a la izquierda, en dirección a la escalera.

— ¿Te das cuenta que nadie va a volver a invitarnos a nada otra vez? —dije.

— ¿Estás de broma? En este momento somos una atracción garantizada. Adonde vayamos la próxima vez, probablemente tendrán un *ring* listo para nosotros.

— La junta va a hacerte pedazos por la mañana, cuando las fotos salgan a la luz.

— Nadie tomó fotos de la pelea. Sólo de nosotros besándonos. ¿Qué hay de malo en eso? Ese tipo de publicidad le va bien a la Wenn. Si el *Post* sabe lo que hace, la junta estará encantada.

— No estarán tan encantados cuando sepan lo que sucedió aquí esta noche —dije cuando llegamos a las escaleras. Me levanté el vestido y bajamos rápidamente a la planta baja—. A este punto, creo que tenemos una *cierta* reputación.

— Mejor que no tener ninguna.

— ¿Qué pasa con nosotros? Aparentemente causamos sensación dondequiera que vamos.

— Míralo de esta manera. Somos los nuevos Richard Burton y Elizabeth Taylor.

— No, eso no —reí.

— Es la verdad.

— Quizás hasta cierto punto —dije mientras atravesábamos el salón en dirección a la doble puerta que daba a la calle—. Pero, ¿quieres saber cuál es la gran diferencia?

— ¿Cuál?

Lo detuve allí mismo.

— Nunca me divorciaría de ti —respondí.

CAPÍTULO ONCE

Me pareció que quería decir algo, pero lo detuve poniendo un dedo en sus labios.

— Llama a tus guardias de seguridad. Dile que nos vamos. Vayamos a tu casa para que pueda ducharme y quitarme este champán pegajoso de encima. Después de eso, podemos tomarnos un martini y relajarnos. ¿De acuerdo?

— CONTABA CON ALGO MÁS que eso, pero pensamos lo mismo. Sacó su teléfono y tecleó tres números.

— Llegarán en un minuto.

Cuando llegaron, nos encontraron esperando a la salida. Eran cuatro hombres, todos con armas camufladas y entrenados para matar. Me pregunté si tendrían algo más acerca del tiroteo a esas alturas. Si alguna vez lo tendrían. Alex había dicho que quizás nunca conoceríamos al autor de los disparos. Dijo que, en su experiencia, el misterio podría no resolverse nunca. La idea de que alguien pudiera hacer lo que nos hicieron, desaparecer y dejarnos con la certeza de que, en todo momento, nuestras vidas podrían correr peligro me inquietaba.

Mentiría si dijera que no estaba nerviosa cuando salimos a la calle. De hecho, me aterrorizaba encontrarnos tan expuestos, a pesar de los hombres que nos escudaban.

Dejamos la mansión de Peachy Van Prout, cruzamos rápidamente la acera y nos metimos en el coche blindado que nos estaba esperando, todo sin incidentes. Llegamos al rato a la Wenn, sin incidentes tampoco.

¿Están a la espera? Me pregunté mientras el ascensor nos llevaba al ático. *Si lo están, ¿cuándo se presentarán?*

DESPUÉS DE DUCHARME, me sequé el pelo rápidamente con el secador, me hidraté la cara y me cepillé los dientes con un cepillo con mi nombre escrito a mano por Alex. Me dirigí al cajón donde guardaba sus camisetas, pero en lugar de las camisetas me encontré un cajón lleno de lencería fina. Sonreí y agradecí el detalle. Busqué algo que le agradara.

Enseguida encontré algo perfecto, una camisola de satén y encaje de color lila, con la espalda descubierta. Me sentí sexy y suntuosa cuando me la puse, era tan ligera como no llevar nada. Y lo mejor, era lo suficientemente larga para cubrir el moretón que tenía en el muslo. No había nada que pudiera hacer para ocultar el corte en el brazo. No había posibilidad porque la idea detrás de toda la ropa que eligió para mí era que ocultara lo menos posible.

Volví al cuarto de baño, me miré al espejo y decidí que el pelo y la cara necesitaban unos retoques para no desentonar con lo que llevaba puesto. Después de ponerme un poco de color en la cara, algo de brillo en los labios y de domar el pelo con un poco de crema moldeadora, volví a mirarme al espejo. Me dispuse a salir, pensando que Alex apreciaría el *look*. Realmente lo esperaba. Después de todo lo que nos había ocurrido no quería decepcionarlo.

Cuando llegué al salón me lo encontré tumbado en el sofá, llevando solamente un albornoz de algodón, dejando ver sus pectorales. ¡Y qué pectorales! Con las piernas abiertas, era evidente que no tenía nada debajo. Había preparado unos martinis, que descansaban en la mesa delante del sofá, destellando con las luces de Manhattan al otro lado de la habitación.

— Déjame mirarte un instante —dijo.

Sólo quería hacerlo feliz, así que hice lo que me pidió. Di una vuelta y le lancé un beso.

— Menudo suministro de lencería para una chica —dije.

— Tendrás suficientes oportunidades de darle buen uso. Luego, se compra más y ya está. ¿Un martini?

— ¿Tienes que preguntarlo?

Golpeó con la mano el asiento a su lado.

— Ven aquí antes de que yo vaya por ti.

— Como usted diga, doctor.

— Creo que eres la única enfermera que estoy contento de ver en dos días.

Me acurruqué a su lado y le puse una pierna encima mientras lo besaba en la nuca y luego en los labios. Me pasó mi martini. Chocamos las copas y dimos un trago. Enfriado a la perfección.

— Eres un experto en preparar esto —dije.

— Esto puedo hacerlo. No es física nuclear. Algo un poco más complicado y estoy perdido. Pero gracias.

— Gracias a ti. Un buen vodka lo cura todo.

— ¿Así de fácil?

— En algunas situaciones. Estar en la cama contigo cura un surtido diferente de problemas.

Se sonrió.

— Alex, estoy preocupada por lo de esta noche.

— ¿Por qué?

— No debería haberla golpeado.

— ¿La primera o la segunda vez?

— En serio. Probablemente me denuncie.

— Que lo haga. Yo estoy contigo.

— Eso no es lo que me preocupa. Somos uno ahora. No quiero ponerte en ridículo y me temo que eso es lo que he hecho esta noche.

— ¿Por defenderte? Venga, Jennifer. Te tiró una bebida a la cara. Nos preparó una encerrona. Se lo merecía.

— Fue una escena sacada de una mala película.

— No me importaría verla de nuevo, pero cambiaría una cosa.

— ¿Qué?

— Que te arrojara el champán. Eso es de culebrón barato.

— Al menos el champán no era barato.

— Eso sin duda. Sólo lo mejor para Peachy.

— ¿Crees que Dufort llamará?

— Por supuesto. Llegaremos a un acuerdo de colaboración entre Wenn Enterprises y Streamed. Ya lo verás. Ahora, no más conversación por esta noche. Sé que estás preocupada por todo lo que ha pasado, pero no hay necesidad de estarlo. Mañana, en el *Post,* todo el mundo sabrá exactamente lo que siento por ti. Yo estoy contento.

— No fue un beso cualquiera.

— Espera a que terminemos el martini.

Pasé mi brazo alrededor del suyo y me acerqué más a él. Le gustó el gesto y me besó ligeramente en la mejilla antes de besarme más firmemente en la boca. Deseaba tenerlo en ese momento, ¿pero era oportuno? El médico le había dado *pase dorado,* ¿pero estaba lo suficientemente bien? ¿O había exigido que le dieran el alta? No lo iba a saber nunca, así que desvíe la conversación.

— Tank es una gran persona —dije.

— Es un caballero y una mula. Uno de los mejores del equipo.

— Creo que le ha gustado Lisa.

Frunció el entrecejo.

— ¿Ha conocido a Lisa?

— Digamos que Lisa no le dio elección. Aparentemente, está lista para salir con alguien otra vez.

Le conté lo que hizo y cómo se conocieron

— Me gusta mucho Lisa.

— Me alegro. Es la mejor, siempre lo ha sido. Quiero que vuelva a ser feliz. Ya está bien de zombies. —Levanté la mano—. Déjame decirlo de otra manera. Su nuevo libro es un éxito de ventas y no puedo estar más orgullosa de ella. Lo que quiero decir es que es hora de que tenga algo más que sus libros. Se merece tener una verdadera relación amorosa, algo que no ha tenido en el pa-sado exactamente. Deberías haber estado allí cuando conoció a Tank. Química instantánea. Van a verse para tomar café.

— Cuánto me alegro. Hace tiempo que él ha estado deseando encontrar a alguien, pero es difícil conocer gente en la ciudad. Normalmente, la mejor forma es a través de algún amigo. Me alegro que los presentaras.

— Como si hubiera tenido elección. En el momento que le dije que era un *ex-marine*, no había modo de detenerla.

En la entrada, sobre una mesa, donde había dejado mi bolso de noche, oí el zumbido de mi teléfono y luego una campanilla. Me paralicé por un momento. Podría ser Lisa, pero podría ser otra amenaza.

— No contestes —dijo Alex.

Sentí una sacudida de miedo.

— ¿No crees que debería? Si es otra amenaza, tendríamos que decírselo a tu equipo de seguridad. No podemos ignorarlo, Alex. Si es una amenaza, tu gente tiene que saberlo.

Me levanté. Me siguió hasta la entrada. El corazón me latía deprisa. Abrí el bolso, vi la carta que le había escrito a Alex y saqué el teléfono. Alex estaba a mi espalda, mirando por encima de mis hombros mientras lo encendía. Era un correo electrónico.

— No reconozco al remitente.

— Déjame ver.

— Esto lo vamos a leer juntos.

Pero no había nada en el correo mismo que leer. El título estaba en blanco. Había sólo un documento adjunto. Algo me decía que se trataba o de una foto mía o una de Alex. Me tomé un segundo para prepararme por lo que pudiera venir. Era una foto de Alex y de mí en la fiesta de esa noche. Fue tomada cuando los dos nos íbamos, después de la pelea con Immaculata. Aún estábamos en el primer piso cuando la tomaron. Nuestros ojos tenían dos líneas cruzadas cada uno. Me dio un escalofrío. En el centro de la foto había dos palabras escritas sobre nuestros cuerpos: MUERTO/ MUERTA.

Le pasé el teléfono, cerré los ojos, respiré hondo y me distancié de la situación para verla más claramente. No iba a reaccionar como lo había hecho antes. Si iba a estar con Alex, esto era parte del paquete. Ahora lo sabía y no había forma de que pudiera vivir sin él. Esta era la vida que me esperaba.

¿Y qué?

El paso siguiente era obvio.

— Peachy invitó a doscientas personas —dije—. Tenemos que hacernos con la lista de invitados de esta noche y dársela a tu equipo. Quienquiera que tenga, por cualquier razón, una *vendetta* contigo, estaba en la fiesta esta noche. Estará en la lista. Tu equipo tiene que seguir la lista y ver si la Wenn ha tenido algo con alguien allí esta noche.

— Docenas de ellos.

— Docenas es mejor que nada. Una vez que tu equipo tenga los nombres, necesitan informar al FBI de la foto y de la lista. Déjame ver el teléfono.

Me lo dio. No miré nuestra imagen, sino lo que había alrededor.

— Cuando tomaron esta fotografía estabas en mitad del salón. ¿Ves ahí el gigantesco espejo dorado? Recuerdo haberme fijado en él. Era imponente. Estaba en el centro de la pared.

Barrí la pantalla con los dedos para agrandar la imagen y encontrar otras pistas, pero la pantalla era demasiado pequeña.

— ¿Dónde tienes tu ordenador?

— En mi oficina

— Voy a enviarte la imagen para que podamos verla mejor allí.

— Venga, vamos.

Así lo hicimos. La oficina de Alex era grande y moderna, con las paredes pintadas de gris oscuro, adornadas con arte moderno de vivos colores, y los suelos de bambú. Una gigantesca mesa de cristal miraba a la pared de ventanales desde los que se podía ver todo Manhattan, brillando al otro, paliando la gravedad de la situación. Millones de personas viviendo en la ciudad y una, o quizás unas cuantas, nos quería muertos por alguna razón.

Sobre el escritorio descansaba uno de los últimos iMacs, el de mayor pantalla, lo cual nos venía muy bien para nuestro propósito. Alex abrió su correo y bajó la fotografía. Acerqué una silla y pudimos ver mucho más de lo que podíamos ver en el teléfono. A causa de la luz ámbar que tanto le gustaba a Peachy, la foto se veía algo granulada, pero era fácil distinguir las caras de los invitados.

Uno me llamó la atención inmediatamente: Gordon Kobus, cuya aerolínea iba a ser absorbida por la Wenn tras lo que Alex había dicho que sería una batalla campal. En la foto, Kobus aparecía a mi derecha, hablando con un grupo de gente pero mirando directamente a nosotros mientras salíamos de la habitación. Apunté con el dedo.

— Kobus —dije.

— Ya veo.

— No parece muy interesado en la conversación.

— No. No lo está.

— ¿Podría ser él?

— No lo descartaría. Ya le he dado su nombre al FBI y a mi gente. Si yo desapareciera, Kobus podría creer que la Wenn perdería su interés por la aerolínea. Pero se equivoca. La junta absorbería Kobus Airline conmigo o sin mí. Pueden reconocer una buena oportunidad cuando la tienen delante.

— ¿Crees que sería capaz de pagar a alguien para matarte? ¿Para matarnos? Alex me rodeó con el brazo y me acercó a él.

— Kobus es un hijo de puta. Claro que me lo imagino haciendo algo así. ¿Es él quién está detrás de las amenazas y los disparos? No lo sé. Pero está siendo investigado. Desafortunadamente, él es uno entre muchos posibles, Jennifer. Podría ser cualquiera.

— ¿Qué me dices de Immaculata?

— No. No me lo imagino, a pesar de todo el drama que ha montado desde que primeramente te contraté. Dicho esto, no me dejo engañar tampoco. Obviamente, se le debe haber acabado la medicación. Algo no anda bien. Parece que está psicótica. Voy a poner su nombre en la lista. Al fin y al cabo, estaba allí esta noche y mira cómo nos fue. Pero sigo dudando que pueda hacer algo así. Es un instinto. No creo que ella llegara tan lejos.

— ¿Quién es este? —pregunté señalando a un hombre joven que estaba a la derecha de la fotografía, justo detrás de mí. Se le veía la cara con facilidad. Parecía estar mirando al fotógrafo más que a nosotros. Su boca no era más que una línea. Parecía en tensión.

— No tengo ni idea.

— ¿Lleva una bandeja en la mano?

— Eso parece. Veo un círculo plateado, pero no hay nada encima.

— Se le debió terminar lo que llevara. Quizás sea un camarero.

— O se hace pasar por camarero.

— Con tal cantidad de gente, debería estar corriendo de un sitio a otro, pero está ahí de pie, sin moverse. Y mira la expresión de su cara.

— Bastante intensa.

— Y mira a los otros camareros a su alrededor.

— Se ven borrosos.

— ¿Qué le hizo detenerse por nosotros?

— Podría haber muchas razones. Tu vestido. Tu aspecto. Podría haberme reconocido. Podría haberse dado cuenta de que nos hacían una foto y se preguntaría quiénes éramos. Lo bueno es que tenemos una clara imagen de su cara. Hagamos que lo identifiquen y veremos qué sale de esto.

— ¿Ves a alguien más?

— Veo una habitación llena de gente que me odia, Jennifer. Tienes razón. Pidamos la lista de invitados a Peachy y sabremos exactamente quién estaba allí esta noche. Veamos si en esa lista hay otros, aparte de Kobus, con quienes la Wenn está enfrentándose, se ha enfrentado recientemente o se enfrentó en el pasado.

CAPÍTULO DOCE

CUANDO SALIMOS DE LA oficina Alex me preguntó si quería otro martini.

— Creo que otro martini para los dos es prescriptivo en este momento —dije—. Gracias por enviar todo a tu gente y al FBI. Me tranquiliza.

Fue hacia la cocina.

— No voy a tomarme esto a la ligera, Jennifer.

— Ya sé que no.

— Tú eres mi primera preocupación.

— Los dos deberíamos ser tu primera preocupación. ¿Qué haría yo sin ti? ¿Qué sentido tendría todo esto sin ti? Dime.

No respondió. Lo oí sacando el hielo, llenando la coctelera y agitándola con más vehemencia que de costumbre. Sabía donde tenía la mente. Como yo, se preguntaba quién nos tenía en el punto de mira. ¿Se trataba de un juego para ellos? Podían habernos matado fácilmente la primera noche, pero no lo hicieron. ¿Lo harían pronto? A mí me parecía que sí.

Alex entró en el salón con dos martinis fríos. Me dio uno y puso el suyo sobre la mesa antes de sentarse en el sofá. Parecía cansado y preocupado. Sabía que estaba haciendo lo posible para poner fin a todo esto. Pero, ¿y si él y su equipo no pudieran hacerlo? La respuesta era simple. Viviríamos siempre en peligro. ¿Estaba yo dispuesta a morir por él?. Por absurdo que parezca, lo estaba. Tanto significaba para mí. Sabía que él haría lo mismo por mí.

— Te escribí una carta —dije—. Esta tarde, justo antes de ir a la fiesta de Peachy y de que todo se fuera a la mierda.

Se giró hacia mí sorprendido.

— ¿Me escribiste una carta?

— En respuesta a la carta que tú me escribiste. ¿Quieres leerla o prefieres que te la lea yo?

Sentí mariposas en el estómago cuando lo dije. Guardó silencio un instante.

— Si no te importa me gustaría que me la leyeras —dijo finalmente.

Me levanté del sofá, saqué la carta del bolso y me senté de nuevo, mirando hacia él. Antes de empezar a leer el corazón me martilleaba el pecho. La carta había sido escrita deprisa, pero con corazón, con una emoción genuina, con todo lo que sentía por él.

— ¿Te importaría girarte hacia a mí? —pregunté—. Me gustaría mirarte y ver lo que estás sintiendo mientras la leo.

Se giró y me miró.

— Esto es lo que siento por ti y acerca de nosotros. En tu carta me decías que la gente ya no escribe cartas de amor, pero que pensabas que eran importantes. Decías que creías que las cartas de amor eran románticas y podían definir una relación. Y elevarla. Ese es el efecto que me produjo tu carta. Nunca he escrito una antes, obviamente, pero todo en ella es verdadero. Todo está aquí. —Respiré hondo—. La leo.

Se reclinó sobre el brazo del sofá y no dijo nada. Se limitó a mirarme con intensidad. Desdoblé la carta, expectante, aterrada y ansiosa, todo a la vez. No era escritora, lo sabía, pero ya la había leído dos veces y, al menos, sentía de verdad todo lo que en ella decía.

— *Querido Alex* —comencé—. *Como estás a punto de comprobar, no soy Steinbeck, que lo citabas en tu carta. Él tenía una facilidad de palabra que nunca tendré, pero estas son mis palabras y salen del corazón. Desde el primer momento que te vi, cuando aquel hombre casi me tumba al suelo en la Quinta Avenida, he estado enamorada de ti. Ese día nos cruzamos en la Wenn, en el ascensor. ¡Quién me iba a decir entonces que el hombre que estaba a mi lado y que me preguntó si estaba bien sería mi primer y, espero, último gran amor, y que él se enamoraría de mí! Miro atrás, al tiempo que hemos pasado juntos, con una mezcla de gozo y vergüenza. Pero ahora, mientras escribo esto, también con un profundo sentimiento de amor por ti. Aparte de Lisa y, quizás, Blackwell, creo que tú, por encima de todos, sabes lo que me cuesta decir esto, enfrentarme a mis miedos y admitir que te quiero. Nunca le había dicho esto a nadie porque es algo que significa mucho para mí. Es una palabra precia-da. La he guardado pegada a mí, esperando a la persona indicada, a la única persona, por razones que ya conoces. Pero ahora, finalmente, puedo decirla, con significado. Te amo profundamente. No sabes cuánto. Nunca lo sabrás, probablemente. Pero espero que te lo digan mis acciones.* —Quería mirarlo pero no podía. Me sentía desnuda, demasiado vulnerable para mirarlo ahora y seguí leyendo—. *Siento como si te debiera mil disculpas por las paredes que levanté y por la forma en que, en ocasiones, me he comportado, todas nacidas de las miserables raíces de mi pasado. Toda mi vida me he resistido al amor. Toda mi vida he sentido que no merecía ser amada, como me habían repetido una y otra vez. Y yo, estúpidamente, me lo creí cuando es lo último que debería haber creído. Tú conoces mis problemas para darme a alguien, y aún así no te rendiste porque viste algo en mí. Sea lo que sea, Alex, nunca lo sabré porque, para mí, es un misterio. Pero tú has sido paciente conmigo porque, por alguna razón, me amas, puedo sentirlo. Lo siento en la manera en que me miras, en cómo me tocas, me haces el amor. Y doy gracias a Dios por eso. Soy la mujer más afortunada del mundo. Me hace feliz ser parte de tu vida y quiero ser tu mejor compañera. Cualquier cosa que nos pase la viviremos juntos. Quiero que lo sepas. Algunas veces seré menos que perfecta y habrá veces que pueda estar asustada por lo que ocurre, pero necesito que sepas que estoy a tu lado y que juntos podremos con esto. Y con lo que venga detrás de esto. Y con lo siguiente, si viniera. Te quiero con todo mi corazón, Alex. Eres en todo lo que pienso. ¡Te quiero tanto! Gracias por ser el maravilloso hombre que eres. Gracias por haber estado en la calle aquel día para ayudarme a recoger mis currículos del suelo y, sobre todo, gracias por ir a preguntarle a Blackwell quién era yo. Si no lo hubieras hecho, nunca habría sabido lo que es el amor. Pero ahora lo sé. Te quiero. Jennifer.*

P.D: nunca pierdas esa barba incipiente, no podría resistirlo.

Aún no podía mirarlo. Ese había sido el mayor riesgo emocional que había corrido en mi vida, había requerido mucho más valor del que necesité para llegar a Nueva York. Salir de Maine no fue nada comparado con abrirle el corazón y decirle la verdad acerca de mis sentimientos por él. Doblé la carta en tres partes e intenté calmar mis nervios. Entonces, extendió la mano y la puso sobre la mía.

— ¿Sabes lo que veo en ti? —preguntó.

Finalmente lo miré, me sorprendió ver que sus ojos brillaban de emoción y que tenía el semblante serio.

— ¿Puedo darle un trago al martini primero?

— Puedes, pero no tienes que recurrir siempre al humor para espantar el miedo, Jennifer. Sé que es natural en ti hacerlo y no pasa nada. Lo entiendo. Pero no tienes que hacerlo siempre. Lo que me has escrito es maravilloso. No lo olvidaré nunca. Yo también me siento afortunado porque veo en ti a la persona con quien quiero pasar el resto de mi vida. Un igual. Eres mi amiga, mi fantástica colaboradora, mi gran amor. Nunca pensé que sentiría así otra vez, pero aquí estoy. Yo tampoco confío fácilmente en los demás por lo que ya sabes. Pero una vez conocí el amor y lo he vuelto a reconocer en ti. Tardé cuatro años. Porque he conocido el amor, esto ha sido más fácil para mí que para ti. Lo que veo en ti es una mujer inteligente, *sexy* y generosa, llena de vida, sin miedo a decir lo que piensa. Eres como una lluvia de fuegos artificiales, alegre, radiante y, a veces, explosiva.

— A veces demasiado explosiva.

— Eres quien eres. Prefiero una mujer capaz de decir lo que siente que a una que se corroe en silencio, como lo hacía mi madre. ¿Tú sabes lo que eso le costó?

Lo sabía. Blackwell me lo había dicho, pero guardé silencio, en caso de que no me lo hubiera debido decir. No iba a traicionarla. Finalmente, él mismo me lo iba a decir.

— Le costó la vida. Mi padre le disparó y luego se disparó a sí mismo. Por eso murieron relativamente jóvenes. Quizás ya lo sabías. Quizás alguien te dijo que lo buscaras en la red. No me importa porque, para el resto del mundo, no es precisamente un secreto. Es tan conocido como la propia Wenn. Pero aprendí mucho de la relación de mis padres. Aprendí que la suya no era una forma de vivir. Se odiaban. Eso ya te lo dije. Y aún así estuvieron juntos todos esos años por dinero. Al final, ganó el dinero. Junto con un par de balazos. Piensa lo que eso significa. Murieron por dinero. Simple pedazos de papel. ¿No es trágico e irracional?

— Alex —dije.

— No hay nada que decir. Has dicho más de lo que podría haber deseado. ¿Puedo guardar esa carta?

— Por supuesto. La escribí para ti.

Se la entregué

— Ahora quiero hacerte el amor de verdad.

— Sólo si me permites devolverte el favor.

Se sonrió.

— Siempre mi igual —dijo.

— Procuraré no defraudarte, especialmente esta noche, porque tiene mi cuerpo mucho que decirte y, probablemente, va a ser intenso.

Nos fuimos a la habitación. Si yo creía que habíamos hecho el amor antes, estaba equivocada. Antes, habíamos explorado nuestros cuerpos. Lo que hicimos aquella noche estaba lleno de un sentimiento sin sombras, la esencia de lo que es hacer el amor. Me enseñó lo que realmente significaba la expresión. Me hizo llorar a ratos. A ratos sentí que él lloraba. Nos transportamos juntos a un lugar inexplorado. Nos dimos por complete el uno al otro. Cuando terminamos, me sentí completamente ligada a él como nunca me había sentido ligada a nadie. Puede parecer un cliché, pero los dos éramos uno.

Cuando amaneció, en los brazos de Alex, sintiendo su respiración en mi nuca, me asaltó un pensamiento. Esa noche, después de haberle dicho que él era mi verdadero amor, hacer el amor con él fue como perder mi virginidad por segunda vez.

CAPÍTULO TRECE

LOS DÍAS SIGUIENTES pasaron rápidamente.

Alex y yo volvimos al trabajo. Finalmente me habían dado mi propia oficina. Fue entonces cuando supe la razón del retraso. Para mi sorpresa, estaba al lado de su oficina, en la planta cuarenta y siete. En algún momento, Alex había contratado un equipo que había montado para mí un espacio espectacular. A diferencia del resto del piso, alumbrado con luces cálidas y decorado en un masculino tono marrón, mi oficina era luminosa, moderna y estilizada.

Nada más entrar en ella supe que Blackwell debía haber estado implicada. Estaba en lo cierto. Sobre el escritorio de cristal había un jarrón de flores y una nota: *Espero que te guste. Fue una molestia, después de todo. Con cariño, Bárbara.*

Cogí el teléfono y la llamé inmediatamente.

— Jennifer —dijo—. ¿Llamándome desde tu nueva oficina? Espero que esté a tu gusto.

— Bien sabe que lo está. ¿Cuándo se equivoca usted?

— Bueno, para empezar, con mi último matrimonio, pero mejor no hablar de eso. Recordarlo es como abrir una caja de gusanos.

— ¿Puede venir un ratito y disfrutar juntas de este espacio?

— Tengo a alguien en el punto de mira, no puedo. Hay cierto joven aquí que está pidiendo que lo desnuden.

— Por favor.

— Dame cinco minutos.

Cuando llegó, impecable en un Chanel azul marino, la saludé con un beso en las mejillas. Ella me miró como si hubiera perdido la cabeza y me correspondió con un amago de abrazo.

— ¿A qué se debe este exceso?

— No fue ningún exceso. Bien lo sabe.

— Sentí algo en la mejilla. No me digas que fue tu barra de labios.

— Fue sólo mi mejilla. No iría tan lejos.

— Me alegra saberlo. —Me pasó revista—. Y me alegra verte tan bien. La última vez que te vi no lo estabas.

— Estaba hecha un trapo.

— Tenías tus razones.

— Pero las cosas han cambiado.

— Eso tengo entendido.

— ¿Qué es lo que sabe?

— Jennifer, él me cuenta todo lo que es importante. Te lo dije, lo conozco desde que era un niño. Soy como una tía para él. No me contó detalles, pero me dijo que le habías escrito la carta más maravillosa de todas las cartas.

— Le dije lo que sentía de verdad.

— Lo sé.

— Estoy enamorada de él.

— Y con razón. ¿Qué se siente?

— No hay palabras.

— Recuerdo esos días —dijo pensativa—. Cuando te enamoras por primera vez tienes suerte si no te vas dando contra las paredes o si consigues hacer algo productivo. Es un nirvana. Espero que te sientas siempre así, Jennifer. De verdad, lo espero. Te lo digo en serio.

— Gracias —dije tocando con mi mano su brazo—. Y gracias por nuestra conversación en la cafetería del hospital.

— Necesitabas un buen sermón. Y es lo que mejor se me da. Iba a darle uno al joven que tenían en la oficina, pero me hiciste bajar a verte. Lo has librado de una. Por ahora.

— No sea muy dura con él.

— Ya veremos.

— La he echado de menos.

— Nadie me echa de menos.

— Yo sí.

— Tú eres un bicho raro. Pero bien sabe Dios que lo has sido desde el principio. ¿Para qué cambiar ahora? —Me sonrió maliciosamente—. No me gustan las confidencias típicamente femeninas, pero tengo que admitir que me alegra que todo vaya bien entre Alex y tú. Me alegra mucho. Estoy por lo vuestro y estoy orgullosa de ti. Después de la pesadilla del tiroteo, sé que no fue fácil para ti admitir lo que dijiste en esa carta. Te admiro. Pero mis elogios se acaban aquí, especialmente después de ver la foto que el *Post* ha publicado de los dos. ¡Dios mío!

— Al menos han usado la que Alex sugirió.

—Aún así.

Me reí.

— ¿Por qué tienes que reírte cada vez que digo algo?

— Porque me hace gracia. Y porque yo también le tengo cariño.

— Creo que me arrepentiré de haber escrito eso el resto de mi vida.

— Quedará entre nosotros.

— Espero que lo cumplas.

Se volvió a mirar los cuatro sillones de diseño moderno que, en medio de la habitación, rodeaban una mesa auxiliar de cristal, con un arreglo de peonías rojas en un jarrón también de cristal. Era difícil conseguir esas flores en esa época del año, pero sólo Blackwell podría saber cómo conseguirlas.

— ¿Has tenido al menos tiempo de probar los sillones? —preguntó—. ¿Y ese sofá? ¿Le has echado siquiera un vistazo a los cuadros?

— No. Quise llamarla inmediatamente en cuanto puse los pies en la habitación. Sabía que usted estaría detrás de todo esto antes de ver las flores y la nota. Quería compartir la sensación con usted.

— Considera la experiencia concluida. Vamos a sentarnos. Tenemos que ponernos al día.

— ¿Quiere algo de beber? ¿Té? ¿Agua?

— He reducido la ingesta de líquidos al mínimo. Gracias.

— Pero si está muy delgada.

— Gracias a los enemas de café expreso, que son fabulosos, por cierto. Podrías recorrerte todo Central Park en quince minutos después de ponerte uno.

— ¿Lo ha probado?

— Lo he pensado.

— Pero no lo ha hecho.

— Tengo que confesar que no.

— Es como confesar un fracaso.

— Lo es —dijo acompañándose con un movimiento del brazo y un giro de muñeca.

Reí y negué con la cabeza varias veces.

— Necesita beber algo.

— Luego. Es parte de mi horario. Ven, ven. Siéntate. Siento que no pudiera estar contigo para verte con esa creación en rojo que compré para ti. Pero Bernie me llamó para decirme que estabas divina, divina. Pero ya me lo había imaginado. Una pena que esa arpía te tirara el champán a la cara, pero un tanto a tu favor por haberle dado un buen sopapo.

— Nadie arrincona a Baby.

— No sé lo que quieres decir.

— Es de una película.

— ¿Qué película?

— *Dirty Dancing*.

— ¿Pornográfica?

— No, de amor. Fue muy popular. Seguro que la conoce. Le encantó a todo el mundo

— No la conozco. Suena ridícula. Da igual. Nunca me ha gustado la tal Immaculata. Empezando por el nombre. Immaculata. Suena a mujer de la limpieza. Ya sé que parece un comentario racista, probablemente lo sea. Lo siento, no es mi intención. Es que hace años, una amiga mía tuvo una cocinera con el mismo nombre y siempre fue horrible conmigo. No sé por qué, nunca le gusté. ¡Imagínate! Una vez me sirvió un plato con huevos a medio hacer. Podría haberme matado con la salmonela. Era un criadero de bacterias. No se me olvidará su nombre nunca —dijo con los ojos en blanco—. Pero mejor olvidarla. Dime, ¿cómo te supo darle un buen bofetón a tu Immaculata?

Crucé las piernas.

— Ni se lo imagina.

— Tenías una espina clavada. ¡Qué mujer! Ha estado detrás de Alex desde que murió Diana. Una oportunista. No como tú. Todo lo que ve en Alex es su posición y su dinero, no a él. Pero eso le pasa a casi todo el mundo. Todo lo que ven es lo que él podría hacer por ellos.

— Sra. Blackwell...

— ¿Podemos dejar las formalidades de una vez? Bárbara. Te le he repetido varias veces.

— Me resulta difícil.

— No debería. Te acostumbrarás. Es Bárbara.

— Bárbara. —Me detuve un instante—. Se me hace difícil.

— Que se te pase pronto.

— No le he preguntado a Alex porque no quiero molestarlo, pero ¿sabe si hay alguna pista sobre lo que está sucediendo?

— Aquí es donde voy a aconsejarte, Jennifer. No hables conmigo de estas cosas. Habla directamente con Alex. Él es perfectamente capaz de responderte. Los dos sois pareja ahora. No puedes venir a preguntarme estas cosas ya. Tienes que confiar en él. No me gusta repetir esto, pero tu vida está en juego también. Así que tienes que hablar con él, preguntarle cómo están las cosas. Te dirá lo que sepa. Estoy segura de que si supiera algo nuevo te lo habría dicho. —Levantó un dedo—. Pero esa no es la cuestión. Se trata de la confianza, de la claridad. Se trata de hablarlo entre vosotros sin reservas. Es el mejor consejo que te puedo dar. ¿Tengo alguna información? No. Ninguna. Pero eso no significa que él no la tenga. Pregúntale. ¿Por qué no querías preguntarle a él, de todas maneras?

— Porque tiene demasiadas cosas en la cabeza ahora.

— Querida, te aseguro que tú eres lo primero que tiene en la cabeza. Si supiera algo te lo habría dicho. Lo conozco.

— Está bien. Esperaré entonces a que él me lo diga.

— Buena idea. Sé que te dirá lo que sepa en el mismo momento que lo sepa. Alex es noble. Siempre lo ha sido, hasta cuando me devolvía el exceso de pudín que había comido cuando tenía cuatro años. Él sabe que estás preocupada por esto. Cuando haya noticias, estarás entre los primeros en saberlas. Antes que yo, por amor de Dios. Cambiando de tema. ¿Dónde estamos con Dufort y la Streamed?

— Cerramos ayer por la tarde.

— Buen trabajo. Todo el mérito es tuyo. Bravo. ¿Qué es lo siguiente?

— Esta noche, Alex y yo vamos a divertirnos un poquito. Vamos a cenar con Lisa y Tank.

— ¿Lisa y Tank?

— Sí. Se conocieron el otro día. Fue un flechazo.

— Me gustó tu amiga cuando la conocí. Inteligente y *chic*. Me encantaría

vestirla. Y adoro a Tank. Un buen tipo. Buen partido.

— Lisa también.

— Entonces, ponles la mesa. Con bebidas, claro. Que empiece el romance. ¿Dónde vais a cenar?

— db Bistro.

— Tu antigua guarida.

— Estuve encantada allí. Me dieron una oportunidad cuando todo parecía imposible. No puedo esperar a verlos a todos otra vez.

Se levantó y se estiró la falda.

— Pues a divertirse. Esto es lo que he aprendido de la vida, Jennifer. Es demasiado corta. Tú y Alex trabajáis duramente. Encontrad tiempo para vosotros. Reservad una noche a la semana para vosotros. Da igual lo que hagáis, siempre que no sea trabajo. No cometas los errores que yo he cometido.

— ¿Qué errores?

— ¿Por dónde empiezo? Si te cuento esto es porque te has convertido en alguien que me importa y porque quiero que no cometas mis mismos errores. ¿De acuerdo?

Cuando Blackwell se ponía seria conmigo, sabía que lo mejor es que le pusiera atención. Ella era una de las personas más inteligentes y más perspicaces que conocía.

— De acuerdo.

— En muchos aspectos, me arrepiento de cómo he vivido mi vida. Cuando miro atrás veo todo el trabajo, todas las horas extras, las largas noches, las madrugadas, y todos los logros. Pero, ¿qué más hay ahí? A mi edad, debería tener montones de amigos, pero sólo tengo unos pocos. Acabo de divorciarme. No he viajado por el mundo como me prometí a mí misma de joven. No he hecho submarinismo, algo que me prometí hacer antes de morir. Nunca he ido a París, Jennifer. Sí, hasta a mí me sorprende. Yo, nunca en París. Y la lista es interminable. Mi vida ha sido sólo trabajo. Tanto que conozco este edificio mejor que a mi familia. Y por mucho que ame mi trabajo, puedo decirte que entregarme a él no ha valido la pena. Lo único bueno, mis dos hijas. Pero ya son mayores y están en la universidad, las dos en la costa oeste, así que sólo las veo durante el verano y en vacaciones. Hablamos de vez en cuando, pero no tenemos mucha relación. ¿Por qué iban a tenerla? Puse mi trabajo por encima de ellas.

— Aún puede cambiar eso.

— Me temo que es demasiado tarde.

— No es demasiado tarde. Usted es aún joven.

— ¿Joven? Tengo cincuenta y cinco años, Jennifer. Cincuenta y cinco. No he perdido la esperanza de conocer a otro hombre, pero las probabilidades están en mi contra. En cuanto a mis hijas, puede que haya algo que pueda salvar de eso, pero significaría distanciarme de la Wenn. Eso significaría cambiar de vida. ¿Merece la pena? Sí, sin duda. Ellas son todo lo que tengo. Tengo tanto que enmendar con ellas que me llevaría años. Pero necesito hacerlo. Lo haré. Tengo que ser la madre que no tuvieron cuando estaban creciendo. En algún momento, tengo que empezar a delegar mis responsabilidades con la Wenn y concentrarme en lo que realmente importa, mis hijas y mi felicidad. Así que —c continuó—, si fueras mi hija, te daría este consejo: vive tu vida. Disfruta tu trabajo. Ama a Alex. Encuentra el equilibrio. Quiérete lo suficiente para saber que todo importa en la vida, no sólo un aspecto. No cometas los errores que yo he cometido.

— La adoro, Sra. Blackwell.

Al principio se le heló la expresión en el rostro, pero pronto volvió a ser la Blackwell que conocía.

— Primero amas a Alex, ahora me adoras a mí. ¿Te has vuelto *hippy*? Ya sabes que no sé cómo reaccionar a estas cosas. Si te veo con una margarita en el pelo, te juro que te la arranco.

— Ya no me da miedo decir estas cosas. ¡Me ha ayudado tanto! Cuando la he necesitado, siempre ha salido al rescate. Me quitó el velo y me dijo lo que necesitaba oír. Sólo espero que algún día yo pueda hacer lo mismo por usted.

— Te diré lo que puedes hacer por mí, Jennifer. No te cases embarazada, ¿vale? Como probablemente me pedirás que te vista para la ocasión, eso es lo mejor que puedes hacer por mí. He perdido la cuenta de en cuántos trajes te he metido con fórceps. ¿Tú sabes lo que cuesta meter ese trasero tuyo en alta costura? No puedes esperar que haga lo mismo con una barriga de cuatro meses. No te lo voy a permitir. No sería justo que me hicieras algo así.

— Ojalá y se tomara esto en serio.

Su expresión cambió. Más sombría, menos alegre.

— Hace un momento te hablé muy en serio. Y tomé lo que me dijiste muy en serio. Todos tenemos nuestra máscara, Jennifer. La llevamos todos los días para protegernos del mundo, de los sentimientos, del desengaño. Tú llevas la tuya también.

No podía negárselo. Empezó a salir.

— Antes de que se vaya, quiero que sepa algo —dije.

Se paró en la puerta y se volvió.

— ¿Qué es?

— La veo como hubiera deseado ver a mi propia madre. Pero ella nunca fue una madre para mí. Nunca tuve una hasta que usted apareció en mi vida.

— Fui un ogro cuando te vi por primera vez.

— Fue desagradable, pero no un ogro. Puedo decirle qué es ser un ogro, lo he vivido en mis carnes. Así que, gracias por todo. Por favor, considere tomarse una semana o dos de vacaciones. Vaya a ver a sus hijas. Muéstreles la persona que me ha mostrado a mí. Hoy me ha dado un gran consejo. Tanto si lo recibe bien como si no, este es mi consejo para usted. Vaya y sea la madre maravillosa que sé que será para sus hijas. Siendo alguien que nunca tuvo una madre de verdad, le puedo jurar que estarán ansiosas de tenerla y que no es demasiado tarde. Al contrario, ahora que están en la universidad, cuando todo el mundo les parecerá una porquería y en contra de ellas, puede que sea el mejor momento.

CAPÍTULO CATORCE

MÁS TARDE, ESE MISMA noche, Lisa y yo charlábamos mientras nos preparábamos para cenar con Alex y Tank.

— Estoy más que impaciente —dijo Lisa mientras se movía frenéticamente de un lado a otro haciendo quién sabe qué. Me senté en el salón y la observé. Ya me había duchado, el pelo recogido en un sencillo moño y estaba maquillada. Sólo me faltaba vestirme. De momento, llevaba una bata de seda roja regalo de Alex. Lisa se había duchado también, pero aún tenía el pelo mojado, sin maquillaje y con un albornoz blanco encima. Me senté en uno de los sofás, mirando la ciudad y todos sus secretos enredados en la maraña de luces. Le di un trago a mi martini y pensé otra vez el privilegio que era gozar de esa vista.

— ¿Qué me pongo? —preguntó Lisa.

— Algo especial.

—¿Qué crees que le gustará a Tank?

— Algo femenino. Sin enseñar mucho. Es un caballero, me parece. Tengo la sensación de que valora la moderación. Algo bonito, *sexy,* pero sutil. Es tu personalidad lo que lo va a seducir, de todas maneras.

—¿Qué te vas a poner tú?

— Un socorrido vestido negro corto.

— ¿Cómo de corto?

— Justo por encima de la rodilla.

— ¿Qué zapatos?

— Mis Louboutin.

— ¿Cuáles?

— Los negros.

— ¿Puedo usar tus rojos?

— Lo que necesites.

— Te quiero más que a un buen vodka.

— Y yo a ti más que a las aceitunas empapadas de buen vodka.

Pasó como un disparo por delante de mí, martini en mano, hacia la habitación. Salió con los zapatos rojos, columpiándolos delante de mí con una sonrisa de satisfacción y desapareció camino de su dormitorio. Algo después volvió a aparecer con un traje rojo a juego con los zapatos. El traje tenía un escote que dejaba ver lo justo para crear misterio. No sé que sujetador llevaba, pero los pechos estaban altos y firmes. El vestido le llegaba a la rodilla, una forma de decirle a Tank que no era frívola. Perfecta para una primera cita.

Me alegraba verla de nuevo en el terreno de juego. Lisa sólo había estado con dos hombres en su vida: sus dos antiguos novios *para toda la vida*. Le había entregado el corazón a cada uno de ellos y, por alguna razón, los dos se lo devolvieron destrozado. Y ahora, un par de años después del último, estaba lista para exponerse a correr el riesgo. A pesar de sus experiencias, aún creía que debía haber algún hombre que se la mereciera. Tenía toda mi admiración por su fe. Bueno, tenía toda mi admiración hiciese lo que hiciese en su vida.

Cuando terminó de secarse el pelo y de ponerse algo de maquillaje, no demasiado, salió del baño y se plantó delante de mí.

— ¿Y bien?

— Estás guapísima.

— Mi intención era estar irresistible.

— También, de una manera que creo que Tank sabrá apreciar. No intencionalmente irresistible. Naturalmente irresistible.

— Había pensado ponerme irresistible a lo zombi.

— Eso sí que no sé qué es.

— Tank lo sabría. También le gustan los no-muertos. —Me miró y torció la boca—. ¿Debo llamarlo Tank?

— ¿Ya no te acuerdas? Cuando le insinuaste los pezones por primera vez te pidió que lo llamaras Mitch.

— Yo no le insinué mis pezones.

— No llevabas sujetador y el aire acondicionado estaba muy alto cuando salimos del apartamento. Digamos que parecía que acababas de salir del congelador. Las dos sabemos que fue intencional.

— Lo que tú digas. ¿Mitch, entonces? Deberías vestirte. Quedan quince minutos antes de que Alex llegue.

— Una sugerencia —dije al levantarme.

— ¿Cuál?

— Bernie me ha enseñado muchísimo. Y Blackwell. Es una primera cita, pero un restaurante excelente, muy formal. Me pondría algo más de pintura en los ojos. No mucho más, sólo lo justo para acentuar el azul de los ojos. Y quizás algo de color en los labios, para complementar el vestido y los zapatos. Un toquecito, sin excesos.

— Perfecto. Ahora, vístete.

EN EL VESTÍBULO NOS esperaban Alex y Tank, junto a otros cuatro hombres esperando a la salida del edificio. Servicio de seguridad. Respiré hondo, resignada. No tenía elección. Alex era mi vida y esa sería mi vida. Punto.

— Dios mío. Es un semental —dijo Lisa por lo bajo cuando salimos del ascensor—. Míralo. ¿Has visto algo así antes?

— Sólo a él.

— De verdad espero sobrevivir el ocaso zombie con él.

— Te ha entrado fuerte.

Los saludó con la mano.

— Chicos —dije.

— Chicas —respondió Alex.

— Jennifer. Lisa —dijo Tank.

Alex llevaba unos vaqueros azul oscuro, una camisa blanca con el cuello desabrochado y un *blazer* negro. Me sonrió como lo había hecho docenas de veces antes y sentí que me derretía. Estaba enamorada.

Tank llevaba un polo blanco, un *blazer* marrón, grande como para cubrir un estadio de fútbol, y unos caquis tan apretados que a duras penas podía contener la musculatura que envolvían. Tengo que admitirlo, era algo digno de ver. Pero lo que de verdad me encantaba es que no le quitó los ojos a Lisa mientras que nos acercábamos a ellos.

La última vez que la vio, ella llevaba unos vaqueros ajustados, sandalias y una camiseta que no dejaba nada a la imaginación. Pero esa imagen iba a cambiar esa noche. Nunca la había visto arreglada para salir. Lisa siempre estaba bien por naturaleza, pero Tank no se podía imaginar lo que llegaba a ser con poco esfuerzo. Estaba claro por su expresión, boca abierta incluida, que estaba totalmente fascinado con ella. Estaba contenta por los dos. ¡Quién sabía en qué podía acabar la noche!

— Estás radiante —dijo Alex cuando se inclinó a besarme.

— Y tú estás para comerte.

— Me alegro verla de nuevo, Lisa —saludó Tank—. Está muy elegante.

Ella le dio la mano.

— Gracias Mitch. Usted también.

Cuando él levantó la mano de Lisa para besársela me entraron ganas de gritarle. *¡Por amor de Dios, hombre!*

Alex lo vio y debió pensar lo mismo. Me apretó la mano. Lo miré y vi una chispa de maldad divertida en sus ojos.

— ¿Nos vamos? —dije con una voz más cantarina de lo habitual.

LA CENA EN DB BISTRO fue deliciosa y nostálgica. Pude ver a Stephen, mi antiguo jefe, que nos trajo una botella de Veuve Clicquot, una de las muchas marcas de champán que me hizo probar durante mi estancia con ellos.

—Recuerdo que te gustó mucho cuando te lo di a probar —me dijo mientras que nos servía las copas—. Regalo de la casa, por supuesto.

— Gracias, Stephen —respondí.

Me guiñó un ojo.

— Tú y tus amigos sois siempre bien recibidos aquí, Jennifer. El personal te echa de menos.

— Yo os echo de menos a todos. Déjame presentarte. Este es mi novio, Alex, nuestro gran amigo, Mitch, y mi mejor amiga, Lisa. —Noté movimiento detrás de él—. Grupo de seis, Stephen, entrando. De primera fila de mesas, me parece.

— La mujer puede dejar el restaurante, pero el restaurante nunca deja a la mujer —puntualizó Alex.

— Lo siento —dije—. Un acto reflejo.

— ¿Ven por qué la echamos de menos? —dijo Stephen—. Disfruten la comida. Vuelvo en un rato.

— Muy agradable —dijo Lisa.

— Fue tan agradable conmigo —respondí—. Fue un jefe maravilloso. Y sabe todo de vinos y comida. Aprendí mucho trabajando aquí. Estoy divagando. Cuánto me alegro de haber vuelto.

Alex me apretó la rodilla por debajo de la mesa.

— Me alegro de que estés contenta —dijo—. Si en cualquier momento quieres ir a la cocina a saludar a tus amigos, lo entenderemos.

Lo besé en la mejilla y le dije al oído que lo quería.

— Aún no han servido la comida. ¿Os importa si voy ahora? Tienen mucho trabajo a esta hora, así que seré breve.

— Ve, ve —dijo Alex.

Me levanté y miré a Mitch. Distráigala mientras me ausento, y a Alex también, por supuesto.

— Me encargaré de distraerla —dijo con una sonrisa.

No bromeaba. Cuando volví a la mesa, era evidente que pensaba distraerla toda la noche. Aunque todos participamos de la conversación, hubo momentos en los que Lisa y Mitch se perdieron en su propia conversación. Vi a mi mejor amiga reír y coquetear genuinamente. Ella no aguantaba a ningún imbécil. No había duda de que lo estaba pasando bien y él también.

— Parece que tenemos romance a la vista —le dije a Alex.

Levantó las cejas.

— ¡Quién se iba a imaginar que dos personas pudieran conectar por su afición a los no-muertos!

DESPUÉS DE QUE MITCH insistiera en pagar la cuenta, lo que hizo que aún me gustara más, nos dispusimos a salir. Alex sacó su teléfono y tecleó unos números. Al poco, un miembro de la escolta entró discretamente en el restaurante y se quedó en la puerta. El resto nos esperaba afuera.

Le di un abrazo a Stephen y le dije que volveríamos para verlos a él y al res-to del personal. Luego, me armé de valor y salimos a la calle.

Ese tramo de la 44 Oeste estaba siempre lleno de gente, no sólo por el restaurante, sino porque allí se encontraba también el Hotel Algonquin, a la derecha, y el Iroquois a la izquierda. db estaba emparedado entre los dos. El Hotel Royalton estaba justo enfrente y el Sofitel en una diagonal. El hecho de que la calle tenía sólo tres carriles con aparcamiento a ambos lados, lo que la reducía a un carril y medio, contribuía al caos y al sentimiento de claustrofobia de la calle. Taxis y otros automóviles se amontonaban esperando la oportunidad de avanzar un poco.

La acera estaba repleta de gente. Una mujer nos pasó haciendo *jogging* con su perro y escuchando música, algo de Madonna, a todo volumen en sus auriculares. Un hombre mayor, con cierta prisa, se desahogaba con su teléfono del asqueroso día que había tenido. Los botones pedían taxis desde las puertas de sus hoteles.

Los hombres de Alex se pusieron a nuestro lado. Su coche estaba aparcado en doble fila delante de nosotros, causando una conmoción de bocinas y gente asomada a las ventanillas de sus coches gritando que se quitara del medio.

Cuando nos acercábamos al coche, tres hombres venían dirección opuesta. un hombre se acercó hacia nosotros. Todo pareció discurrir a cámara lenta cuando uno de ellos sacó una pistola del bolsillo. Una ola de horror recorrió la acera. Los otros dos hombres que lo flanqueaban hicieron lo mismo. Con absoluto descaro, apuntaron con sus armas a Alex, aún cuando su hombres, Tank incluido, habían sacado sus propias armas.

Pero llegaron un milésima de segundo tarde. Unos láser cortaban la distancia entre Alex y los tres hombres, serpenteando desde la cabeza hasta el corazón, confirmando mi mayor temor. Quienquiera que estuviera detrás de esto no iba a abandonar. Iban en serio. Por alguna razón, iban a matarlo.

— Dejen las armas —gritó el hombre del medio a los hombres de Alex.

Grabé su cara en la memoria. Debía tener unos treinta y pocos años, pelo rubio, hoyuelo en la barbilla, limpiamente afeitado. Habló con tal calma que no dejaba duda de que sabía que tenía la partida ganada.

— Elijan —dijo—. O dejan las armas o lo matamos. Lo tenemos fácil. Hagan lo que les digo y tendrá una oportunidad de sobrevivir.

— Haced lo que dice— dijo Alex.

Aterrada, lo miré

— No —dije—. Te matarán.

— Ya lo habrían hecho. Quieren algo.

— No puedes saberlo.

— Mantén la calma, Jennifer.

Miré más allá de los hombres y vi que la gente que antes estaba en la acera se había dispersado. ¿Estaba alguien llamando al 911? Alguien tenía que haber llamado. Estos hombres no parecían estúpidos. Sabían que no tenían mucho tiempo antes de que llegara la policía. No se inmutaron, no les temblaba el pulso. Me recordaban a los hombres de Alex. No eran hombres corrientes. Eran profesionales.

¿Al servicio de quién?

Un coche que se parecía al Mercedes de Alex se paró delante del mismo. Había algo acerca del coche que lo hacía parecer más nuevo. ¿La alargada curvatura del capó? ¿Los detalladas luces delanteras?

— Dígale a su chofer que salga del coche —el hombre con el hoyuelo en la barbilla dijo a Alex.

— Sal del coche.

Lentamente, el conductor salió del coche y se acercó a la acera. Los coches pasaban deprisa por la calzada.

— Deja el arma —dijo Alex.

El conductor dejó su arma en la acera. En cuanto lo hizo, la puerta del copiloto del otro coche se abrió, seguida por la puerta derecha trasera. Miré al interior y vi al conductor. Pelo oscuro, barba recortada, cuarenta y tantos. Me miró directamente e, instintivamente, desvié la mirada.

— Entre en el coche —dijo el hombre del hoyuelo a Alex.

— No lo hagas —dije.

Alex se volvió a mí con una mezcla de intensidad y tristeza. ¿Era esta la última vez que íbamos a vernos? No quería imaginármelo y desterré el pensamiento de mi mente.

— No tengo otra —dijo—. Si me resisto, me dispararán. Si no, puedo tener una oportunidad.

En ese momento, los láser se repartieron entre Alex, Tank y yo. Aparentemente, Lisa era demasiado frágil para considerarla un peligro y con sólo tres de ellos tenían que decidir quiénes eran los más peligrosos. Se les estaba acabando el tiempo.

Uno de los hombres se acercó.

—Arroje el arma —le dijo a Tank.

— Hazlo— dijo Alex.

A regañadientes, Tank lo hizo.

—Entre en el coche —repitió el hombre a Alex—. En el asiento de atrás. Solamente usted. —Miró a Tank—. Si nos siguen, lo matamos. Así de simple. Usted elige.

Antes de que se lo llevaran, Alex levantó las manos para mostrar a los hombres que no tenía nada y luego se inclinó para besarme en los labios. Fue un beso intenso, lleno de sentimiento. Era un beso que sabía a despedida.

— No se saldrán con la suya —me susurró—. Ya lo verás.

Empecé a llorar.

— Por favor, no vayas.

Pero en breve, Alex estaba en el asiento trasero del Mercedes y, junto a los otros hombres, se perdía en la noche.

CAPÍTULO QUINCE

CORRÍ HACIA EL MERCEDES de Alex. Tank me detuvo.

— ¡Jennifer! —gritó.

Abrí la puerta de atrás y me giré para mirarlo. Estaba recogiendo su arma.

— Esperemos dos minutos —dijo.

— ¿Por qué? Tenemos que seguirlos antes de que los perdamos.

Tank movió la cabeza de un lado a otro.

— Si los seguimos ahora mismo, nos verán y lo matarán. No piense que no lo harían. Alex está en lo cierto. Quieren algo de él. Si no, le hubieran disparado aquí en la calle.

Sacó su teléfono y lo encendió.

— Alex lleva un chip en todos los zapatos que usa. Podemos localizarlo sin problema.

Sostuvo el teléfono para que pudiera ver la pantalla. Había un pequeño punto rojo intermitente recorriendo el mapa de la ciudad. Mirándolo pensé que, con excepción de Lisa, todo lo que me importaba estaba representado en ese punto.

— Están bajando por la Quinta ahora —dije.

— Dos minutos. Tiene que hacerme caso. Necesito que se quede aquí con Lisa. Déjenos que nosotros nos encarguemos de esto.

— Absolutamente, no.

— Le estoy dando una orden. Su seguridad es mi trabajo.

Pero no había manera de que me quedara allí. Me dirigí a uno de los hombres que estaban detrás de Tank.

— Quédense con ella —dije, señalando a Lisa—. Llévenla a casa. Que no le pase nada.

—Jennifer —dijo Lisa.

Me subí a la parte de atrás del coche antes de que Tank pudiera detenerme.

— No me pasará nada —le grité a Lisa—. Vete a casa. Que se quede contigo hasta que tengas noticias mías. Bajo ningún concepto salgas del piso.

Miré a Tank, que parecía furioso conmigo. Pero, ni caso. Alex era lo primero.

— Ya estamos a tres minutos —le dije—. Venga. Al coche antes de que le pase algo. Todos, vamos de una vez.

TANK SE SENTÓ EN EL asiento del copiloto. El conductor recogió su arma y se metió en el coche. Los otros dos hombres se sentaron uno a cada lado de mí, aprisionándome entre los dos. No había sitio para nadie más, lo que dejaba a Lisa con dos hombres para protegerla. Eso me dio algo de tranquilidad.

Nos metimos bruscamente en el tráfico y estuvimos a punto de golpear un taxi al salir. Sonaron bocinas. Nuestro conductor siguió adelante con una sacudida, sólo para tener que frenar repentinamente antes de golpear al coche que tenía delante de él. El tráfico no circulaba lo suficientemente rápido. Por delante teníamos la luz verde que nos permitiría girar a la derecha en la Quinta y seguirlos.

La luz cambió a amarillo. Luego, a rojo.

— Van por la Calle 41 —dijo Tank—. Una vez que lleguemos a la Quinta, el tráfico será más fluido.

Al poco, cambió la luz. Los coches que teníamos delante avanzaron y, finalmente, por algún milagro, fuimos capaces de girar a la derecha en la Quinta y bajarla rápidamente para luego girar a la izquierda en la Calle 41.

En una ciudad tomada por el tráfico, aún a esta hora de la noche, y con hileras de semáforos poco colaboradores, que nuestro conductor se saltaba cuando era posible, temía que estuviéramos demasiado lejos de ellos para poder hacer nada. Me incliné hacia adelante y vi otro punto en el mapa. Un punto azul que, en el diminuto mapa iluminado de la ciudad, no parecía estar muy lejos del punto rojo intermitente.

— ¿Somos nosotros? —pregunté.

— Así es.

— Estamos cerca.

— Es una ilusión. Están muy por delante de nosotros.

— ¿Cuánto?

— Tres manzanas. Están en la Tercera. Nosotros en Madison.

— Tres manzanas no parece ....

— Mire el tráfico, Jennifer. No se mueve muy deprisa. ¿Verdad? Podría ponerse mejor o peor. Rece para que no se ponga peor.

— ¿Deberíamos llamar a la policía?

— No.

— ¿Por qué?

— Lo matarían. Nos encargaremos de esto nosotros mismos.

El coche esquivó el tráfico y navegó la amplia calzada de Park Avenue. Algunos peatones intentaron cruzar delante de nosotros, para volverse rápidamente a la acera en cuanto se daban cuenta de que no teníamos intención de aminorar la marcha.

Y entonces no tuvimos más remedio que ir despacio hasta detenernos por completo. Estábamos otra vez atrapados en el tráfico, lo que casi me hace perder los nervios. Estábamos perdiendo tiempo.

— Se ha parado —dijo Tank.

— ¿Dónde? —dije inclinándome otra vez hacia adelante.

— Entre la Segunda Avenida y la Primera.

— ¿Qué puede haber ahí?

— No lo sé. Es principalmente zona residencial.

— ¿Dónde vive Gordon Kobus? —pregunté.

— ¿Quién?

— Gordon Kobus. Aerolíneas Kobus. ¿Dónde vive?

— Es una pregunta fuera de lo común, pero Google puede saberlo —le dijo Tank al hombre que estaba a mi izquierda—. ¿Por qué ese interés en Kobus?

—me preguntó.

—La Wenn está en proceso de absorber su compañía de forma poco amistosa. Es sólo una idea, pero sé que Kobus está que arde y dispuesto a pelear. ¿Hasta dónde está dispuesto a llegar para proteger lo que él construyó? Todas las amenazas que Alex y yo hemos recibido empezaron no mucho después de que Kobus supiera que Alex estaba detrás de su compañía. No se me ocurre nadie más, a menos que Immaculata esté detrás de todo esto, aunque los dos sabemos que es mucho imaginar.

— Kobus vive en Park Avenue —dijo el hombre que estaba a mi lado—. En la Calle 67.

— Entonces no es Kobus— dijo Tank.

— A menos que posea una propiedad por aquí. ¿Se puede averiguar?

— Búscalo —dijo Tank al hombre.

Pero antes de que pudiera hacerlo, muy por delante de nosotros ocurrió una explosión, tan intensa que pude ver una bola de fuego subiendo desde el centro de la calle. Parecía salido de una película, una nube oscura que se plegaba en sí misma mientras ascendía, hasta que el fuego interno se evaporaba en boca-nadas de humo anaranjado. La onda sonora fue tan intensa que zarandeó nuestro coche y detuvo a todos los coches que estaba delante de nosotros. Pasó un instante de terrible silencio, en una ciudad que devora el silencio, antes de que la gente empezara a salir de sus coches y corriera hacia la explosión, o alejarse de ella creyendo que podría ser un ataque terrorista.

Horrorizada, miré por encima del hombro el teléfono de Tank. Sin moverse, él miró a la pantalla. Me incliné hacia adelante. Se me encogió el estómago. El punto azul que éramos nosotros seguía allí, pero el punto rojo intermitente había desaparecido.

CAPÍTULO DIECISÉIS

PERO EL PUNTO ROJO volvió a aparecer. Parpadeó en la pantalla antes de aparecer de nuevo y continuar en dirección este.

— Está vivo.

— Seguiremos a pie —dijo Tank.

El conductor se arrimó a la acera.

— Quédese aquí, Jennifer. Necesito que me haga caso. Tengo que protegerla.

— De ninguna manera me quedo aquí.

— No podrá seguirnos.

Me quité los zapatos.

— Ya lo creo que podré.

Corrimos. Tank tenía razón. No podía seguir su ritmo. Pero antes muerta que abandonar a Alex. Ellos no estaban enamorados de él, yo sí.

Vi a Tank mirarme por encima de su hombro y pedirle a uno de los hombres que corriera a mi lado, protegiéndome. Los otros tres hombres se adelantaron. Me destrocé los pies en el pavimento con toda le energía de la que era capaz, que no era poca. Estaba en buena forma.

Corrí con tanta intensidad como podía, esquivando coches, saltando y deslizándome sobre el capó de uno antes de que me hiciera pedazos y abriéndome camino entre los demás. Sabía que podía estar corriendo a mi propia muerte, pero no me importaba. Si el muriera, ¿qué tendría sin él? Aunque llegáramos a la explosión después que los otros, como así sería, ¿quién dice que no serviría de nada? Si tuviera que hacerlo, daría mi vida por Alex. Estaba preparada. Me había dado tanto que era lo menos que yo podía hacer. Y así, bajamos corriendo la Calle 41 hasta que nos encontramos con un horror inimaginable.

EN MITAD DE LA PRIMERA Avenida, el coche en el que metieron a Alex ardía irreconocible. Dos hombres se calcinaban dentro. El fuego se enredaba en sus cuerpos y se escapaba serpenteando por sus bocas. ¿Cómo había ocurrido esto? ¿Había Alex intentado algo? Seguro que sí. Pero, ¿qué? ¿Le quitó el arma a alguien y les disparó? ¿Disparó al motor y eso causó la explosión? Probablemente no lo sabría nunca.

Tank estaba lejos del humo, que desprendía un olor dulzón causado por los cuerpos en llamas. Vi que tanto él como los otros dos hombres apuntaban con sus armas. No estaban lejos del río. Oí gritos a medida que nos acercamos a ellos y luego un tiroteo. Se hizo el caos cuando el hombre que me acompañaba me agarró del brazo, me empujó a la acera y me inmovilizó.

— Déjeme ir.

— No.

— Tengo que ir con él. ¿No lo entiende?

— Sólo conseguirá obstaculizar. Lo siento Srta. Kent, pero hasta aquí hemos llegado. Déjelos hacer su trabajo.

Más disparos, esta vez se sucedían sin interrupción

— ¿De verdad quiere estar en medio de todo eso?

Me resistí, pero era demasiado fuerte para mí.

— ¿Qué sabe usted lo que quiero? ¿Qué sabe lo que él significa para mí?

Cuando le escupí en la cara se sorprendió lo suficiente como para permitirme liberar un brazo, golpearle con el puño en los testículos y verlo caer al suelo. No podía creer que lo hubiera tumbado. Se cubría con las manos, encogido de dolor.

— Lo siento —dije.

Cogí su arma y seguí corriendo.

CRUZAR LA PRIMERA AVENIDA a la altura de la Calle 41 habría sido una pesadilla durante el día, pero por la noche no era tan difícil. Con el arma pegada al pecho, crucé la calzada corriendo, esquivando los coches que bajaban la avenida y fui hacia el lugar de donde venía el tiroteo.

Una vez en el otro lado, corrí a la derecha de la acera y busqué a Tank y sus hombres por todos lados, pero no vi a nadie. Seguí corriendo en dirección a FDR Drive, levanté los ojos para mirar al puente, que resplandecía sobre mi cabeza. Miré a derecha e izquierda, preguntándome dónde estarían, cuando escuché un disparo, a mi izquierda, seguido inmediatamente por cinco más.

Con el dedo en el gatillo, doblé la esquina y vi a dos hombres tumbados en el suelo boca abajo y, muy cerca, algo que parecía Tank forcejeando con otro hombre.

Todo el tráfico se había parado.

En el aire, se oían las sirenas.

La gente permanecía en sus coches, con las luces encendidas. Gracias a ellas, podía ver lo suficiente para correr hacia el puente, saltar sobre del bloque de cemento que lo sostenía y llegar adonde estaban los dos hombres.

Tank peleaba con el hombre del pelo rubio y el hoyuelo en la mejilla. No había señal de Alex. Corrí hacia ellos, los pies desnudos destrozados, y apunté a la cabeza rubia del hombre.

— Aléjese de él —dije—. Ahora mismo o le juro por Dios que ...

A la velocidad del rayo, el hombre se deshizo de Tank y apuntó su pistola hacia mí. Como en un acto reflejo, disparé, pero también lo hizo él.

Los dos disparamos a la vez. Tan pronto como lo vi caer al suelo boca abajo, supe, antes de que todo se oscureciera, que yo también me caía al suelo.

CAPÍTULO
DIECISIETE

UN MES DESPUÉS

Nueva York
Octubre

DURANTE UN MES, ME recuperé, lloré y pensé en el futuro. Sentía una perdida inimaginable que se negaba a abandonarme. Ahora, el día que más temía había llegado. Tenía que volver a trabajar.

Lo último que quería hacer era volver a ese edificio, donde el recuerdo de Alex me asaltaría en cada esquina, pero tenía que seguir adelante. La Wenn era mi futuro. La noche anterior, me había preparado para lo que vendría.

¿Cómo será sin Alex?

No tenía una respuesta.

Lisa salió de su dormitorio y fue al salón. Había estado cuidando de mí desde el tiroteo y me trataba como si temiera que me fuera para no regresar nunca. A pesar de lo que ridículo que sonaba, considerando el estrés que había sufrido, creo que de verdad lo pensaba.

— ¿Estás bien? —preguntó—. ¿Cómo está el brazo?

— Está bien —dije—. Me dio, pero era un mal tirador. Me alegro que el hijo de puta esté muerto. Sea quien sea. —Dejé caer los hombros—. Lo siento, no quise ser brusca. Estoy tensa, eso es todo.

— Lo comprendo. Estás muy guapa.

Llevaba un traje de chaqueta negro, pedido a la medida por Blackwell. Era un regalo que ella me había enviado el día antes con una nota que decía que deseaba verme y darme la bienvenida otra vez. Por supuesto, el traje me sentaba impecablemente.

— ¿Estás lista para afrontar el día?

Aunque Alex había sido dado por muerto hacía tres semanas, aún no podía creerme ni asimilar la realidad, así que no tenía una respuesta preparada. Sólo había pensado en el día que tenía por delante y lo que se me vendría encima. Me limité a mirarla. No tenía palabras.

A Alex le habían disparado. Cuando me desperté en el hospital, la mañana siguiente, Tank me dijo que Alex había caído de espaldas al río a causa de un disparo. Los helicópteros habían rastreado el área. La policía se había desplegado. Los buceadores lo habían buscado en el río. Pero no encontraron nada. Tank decía que lo habían hecho lo mejor posible pero eso no me ayudaba en nada. El dolor se apoderó de mí, me puso de rodillas. El dolor me destrozó aún más que lo que mi padre había hecho. Después de cuatro días de búsqueda, Alex fue declarado muerto.

"Alexander Wenn, 30, muerto" había titulado el *Times* en su primera página y, fiel a su estilo, el titular del *Post* lo superaba en crueldad y sensacionalismo: "Alexander Wenn muerto. ¿Tiburón arrojado a los tiburones?"

Luego se publicaron los obituarios, pero ninguno retrataba al hombre del que me había enamorado. Ninguno mencionaba el carácter de Alex, ninguno revelaba el hombre amable, generoso, maravilloso que yo conocía y que llevaba en el corazón con un dolor que no me abandonaba. Hablaban brevemente de sus logros, mencionaban a sus padres y su conocida muerte repentina, pero nunca se acordaron de él. ¿Entendían siquiera cómo había hecho crecer a Wenn Enterprises en los últimos años? No. Pero ese día llegaría. Me iba a asegurar de ello.

Hasta la fecha, nadie había sido arrestado, algo que me parecía increíble a pesar de que Alex me había avisado que probablemente nunca sabríamos quién estaba detrás de todo esto.

Recordaba lo que Alex me había dicho cuando nos atacaron por primera vez. *No todos los enigmas tienen solución, Jennifer. Necesitas estar preparada para afrontar que puede que nunca sepamos quién hizo esto. No se trata de una novela o una película donde todo queda perfectamente atado al final.*

Esas historias son ilusiones. Esta es la vida real y la vida real a veces nos deja en bragas. Quienquiera que nos atacó puede quedar satisfecho con haberme mandado al hospital. Podría ser todo lo que necesitan para sentirse reivindicados por lo que sea que tuviesen que reivindicar. Podría acabarse aquí, o podría no haber hecho más que empezar. Mientras que no hable con mi equipo, es todo lo que sé y, de momento, es lo único cierto.

También recordaba nuestra conversación

— *¿Quién querría matarte?* — pregunté.

— *Hay donde elegir. La Wenn ha absorbido docenas de compañías y corporaciones. Hemos obligado a cerrar muchos negocios. Mucha gente ha perdido su trabajo por nuestra culpa. Mi padre fue un blanco habitual de estas amenazas. Como te dije, nada de esto es nuevo para mí, excepto que ninguna amenaza ha llegado a este punto. Por lo demás, estoy acostumbrado.*

— *¿Qué clase de vida es esa?*

— *La vida que heredé de mi padre.*

Lo que ahora sabía es que Gordon Kobus no estaba detrás de esto. Por mi causa, lo investigaron a fondo, lo interrogaron y, finalmente, lo descartaron como sospechoso. Lo mismo pasó con Immaculata. Ya sabía que su implicación en todo era remota, pero no la podía descartar. Ahora sí. En cuanto al camarero en la foto que me enviaron, también limpio, al igual que otros hombres y mujeres que habían sido investigados. Mientras estuve en el hospital, Blackwell me dijo que la investigación continuaba y que podría llevar meses. ¿Meses? ¿De verdad? ¿Para alguien tan conocido como Alex? No quise creerlo. Miré el reloj.

— Tengo que irme ya —le dije a Lisa—, o voy a llegar tarde.

— Blackwell no lo tolerará.

— En este momento creo que sería benévola conmigo. Y tú... Has estado a mi lado todo un mes. Gracias por todo lo que has hecho por mí, Lisa.

— Estaré a tu lado siempre, Jennifer. Vete ya. Puedes con todo. Ya hablaremos.

Nos abrazamos fuertemente, me di la vuelta con lágrimas en los ojos y me fui a enfrentarme con mi nueva vida.

CUANDO LLEGUÉ, EN UNA limusina, con un guardia de seguridad a mi lado y otro al volante, Blackwell estaba en el vestíbulo para recibirme.

Verla fue una sorpresa que agradecí. No la había visto en dos semanas, desde el día que vino a verme para ayudarme a delinear mi nuevo perfil profesional en la Wenn. Fue un alivio verla. No oculté mis sentimientos. Cuando la vi esperándome en el vestíbulo, corrí hacia ella y me eché a sus brazos.

Permanecimos abrazadas un instante, sin decir nada. Sentí su calor y sé que ella sintió el mío. ¡Cuánto camino habíamos recorrido! De odiarnos mutuamente a respetarnos y querernos. Y la quería de verdad. Más de lo que quería a mi madre.

— La he echado tanto de menos —le dije al oído.

— Eres mi tercera hija, Jennifer. A veces pienso que, por la manera en que traté a mis hijas, tu eres mi segunda oportunidad —dijo, sin ningún atisbo de ese humor cáustico propio de ella.

Se separó de mí y me sujetó la barbilla con el dedo.

— Estás muy guapa para llorar. Venga, dame una sonrisa y límpiate los ojos. Así está mejor. Sé que debes sentir una gran ansiedad hoy, pero es un nuevo comienzo. Triste de muchas formas, pero dejando atrás lo pasado y sabiendo que Alex será siempre una parte esencial de tu vida, saldrás adelante con él a tu lado, protegiéndote. No me cabe duda de que él estará siempre contigo. Ahora, atiende. La junta me ha dado unos documentos para que los firmes y hay varias cosas en las que tenemos que ponerte al día. Vamos a mi oficina y hablamos allí.

— Antes me gustaría pasar por la oficina de Alex —dije.

EL ASCENSOR NOS LLEVÓ a la planta cuarenta y siete, iluminada en penumbra, como siempre. Olía ligeramente a cerrado, como si su existencia hubiera sido olvidada. Me ofendió la idea. ¿No mantenían esta planta como deberían? Por supuesto que lo discutiría con Blackwell más tarde. De momento, busqué a Ann, la asistente de Alex, pero no había señales de ella. Cuando Blackwell y yo llegamos a su mesa, vi que estaba completamente vacía. Ann se había evaporado.

— ¿Dónde está? —pregunté.

— Tiene un nuevo cargo.

— ¿Qué cargo?

— Es una buena posición. No te preocupes. Me he ocupado bien de ella.

— Fue tan amable conmigo el primer día que la vi. Recuerdo que me preguntó si quería un martini y pensé: *¿Quién demonios puede beber martinis al mediodía?* Me dijo que me lo haría suave como la seda y frío como enero. Así fue. Ojalá hubiera llegado a conocerla mejor. Me parecía especial.

— Lo es. Y la verás de nuevo. Es una mujer que recomendaría llegar a conocer. Es una profesional consumada. Un matrimonio perfecto. Unos hijos adorables. Unas maneras exquisitas. Meticulosa en el trabajo y en su forma de vestir. Las dos podríais ser buenas amigas. Me encargaré de eso. —Con la cabeza indicó la oficina de Alex—. ¿Estás segura?

Considerando los recuerdos que iban a asaltarme, temía entrar, pero para poder comenzar de nuevo necesitaba verla una última vez.

— Lo estoy —contesté.

CUANDO ENTRAMOS EN la habitación, sentí el sutil olor de la piel y el aún más sutil olor a habano, ninguno de los dos desagradables.

Alex no fumaba puros, pero un gran número de hombres que había recibido en aquella habitación a lo largo de los años sin duda lo hacía y el olor se había quedado. Continuaba allí, con un efecto casi calmante.

No había ventanas, sólo paredes paneladas llenas de cuadros y una lámpara Tiffany que, cuando Blackwell la encendió, vertió una gama de tonos cálidos sobre la mesa que estaba a mi derecha.

Enfrente de mí estaba su escritorio, encima del cual había un fotografía enmarcada en plata que no recordaba haber visto antes. Me acerqué y vi que era una fotografía nuestra, tomada durante la primera fiesta a la que fuimos juntos, cuando fui contratada para pasar por su novia. Sonreíamos en la fotografía. Blackwell se acercó por detrás y me puso la mano en el hombro.

— ¿Estás segura de que quieres estar aquí?

— A veces, uno tiene que afrontar el pasado para poder dejarlo atrás. Sé en lo que me estoy metiendo con la Wenn. Usted y yo sabemos lo que estoy dejando atrás. Así que, sí, quiero estar aquí. Creo que necesito estar aquí y recordar cómo era todo antes de aquella noche. La junta cree que es fácil. Creen que es fácil olvidar. Déjeme decirle que no lo es. Me alegro de estar aquí y revivir mi primera entrevista con Alex. Suave como la seda, sin duda. —Me volví a ella—. Le debo una. Nadie más me hubiera traído aquí. Gracias, Bárbara.

— Por fin —dijo—. ¿Quién lo iba a decir? Después de tanto tiempo, por fin me llamas por mi nombre sin necesidad de que yo te lo pida.

Se me entrecortó la voz tras mirar alrededor y a la fotografía.

— Así es. Y ya sabe por qué.

Cuando puso la mano en el hombro otra vez, empecé a llorar sin poder controlarme. Me abrazó hasta que fui capaz de serenarme. Cuando lo hice, dejé de mirar a la fotografía y dejé la habitación y su olor detrás, abriendo un nuevo capítulo en mi vida.

DESPUÉS DE FIRMAR LOS documentos en la oficina de Blackwell, nos miramos una a otra y supimos que no había nada más que decir, al menos por ahora. Sólo prolongaría lo inevitable.

— Y bien —dijo— ¿Tienes tu pasaporte?

— Lo tengo.

— Es todo lo que necesitas. ¿Lista? ¿Hay alguien de quien quieras despedirte?

— Sólo usted. Pero ya lo he hecho. Y no es un adiós, es un hasta luego.

— Así es.

— Nunca pensé que me iría de Manhattan. Al menos desde que empecé a ganar lo suficiente para permitirme vivir aquí. Dejar a Lisa es probablemente lo más difícil de todo.

— Me imagino que sí. Sé que la adoras. Pero ella y Tank parece que se llevan cada vez mejor. No estará sola.

— Espero que les salga bien.

— El tiempo dirá.

Se levantó y se estiró la falda con la palma de las manos. Tenía una expresión triste que intentaba ocultar. Me pareció un poco más mayor. Cansada. Ninguna de las dos quería decir adiós.

— Deberíamos ir al aeropuerto —dijo—. Es un largo viaje, pero la junta espera que empieces a trabajar mañana. —Cogió el teléfono y marcó tres números—. Jennifer Kent está lista. Bajamos ya. Tengan el coche esperando.

CUANDO SALIMOS DEL ascensor, cruzamos en silencio el vestíbulo, donde Tank nos estaba esperando. Estaba completamente uniformado, su pistola a un lado. Pantalones negros, camisa negra, botas negras. Los músculos marcados. Sólido y amenazante como siempre. Quizás como nunca después de lo ocurrido con Alex.

— No voy a echar de menos pisar las calles de Nueva York con miedo —le dije a Blackwell. —Al menos, eso salgo ganando.

— Sólo te estamos quitando del peligro. Volverás cuando encuentren y encarcelen a las bestias que le hicieron esto a Alex

¿Y cuánto tiempo será eso?

— Hola, Tank —dije cuando estábamos cerca de él.

Hizo un gesto con la cabeza.

— Jennifer.

Me extendió la mano para estrecharla, pero preferí darle un abrazo y hablarle al oído.

— Cuídala por mí. ¿De acuerdo?

— Eso está hecho.

Miré por el ventanal.

— ¿Es ese el coche?

— Ese es.

Tomé aliento, cogí a Blackwell de la mano. La estreché y con lágrimas en los ojos por todo lo que dejaba atrás y todo lo que tenía por delante, dejé que Tank me abriera camino.

La gente bullía en las aceras. Sentí el sol en la cara y una brisa en la nuca. Parecía que había sido ayer cuando salí de la Wenn después de entrevistarme con Blackwell y encontrarme con Alex, de caminar a mi apartamento en la Calle 10 Este, que era una sauna en agosto, cuando Lisa y yo no teníamos dinero para un simple acondicionador de aire. Ahora, el otoño había llegado a Manhattan y se sentía maravillosamente.

Las ventanas de la limusina estaban oscurecidas, enteramente opacas, otra medida de seguridad. Cuando Tank abrió la puerta vi al guardia de seguridad sentado en la asiento de atrás y el conductor al volante. Sin incidentes, entré en el coche, me senté al lado del guardia y me alejé de la puerta una vez cerrada. Una vez que Tank se montó, el coche se incorporó al tráfico.

Y Alex, vestido como uno de sus hombres, a mi lado, me cogió de la mano.

CAPÍTULO DIECIOCHO

SEMANAS DE PREPARACIÓN nos habían llevado a este punto. Aunque estaba destrozada por dejar a Lisa, Blackwell y Manhattan detrás, sólo había una dirección que seguir en mi vida y era vivir el resto de ella con Alex.

Lo que más me preocupaba era dejar a Lisa. ¿Estaría bien? ¿Estaría yo bien sin ella? Me aseguré de que el piso fuera para ella y que la Wenn se hiciera cargo de la hipoteca y los gastos para que ella siempre pudiera tener una casa. Pero no la tendría a mi lado cada día, como había estado durante años. Muy pocos conocían la intensidad de nuestra amistad. Así y todo, cuando le planteé mi situación, estuvo de acuerdo en que necesitaba estar con Alex.

— No es que tú y yo vayamos a casarnos algún día, Jennifer, aunque probablemente saldría mejor que muchos matrimonios. ¿No crees?

— La innecesaria discusión acerca de, por ejemplo, ir de compras a la primera oportunidad sería ya un obstáculo salvado.

— Y como no habría sexo, podríamos engordar sin problema.

— Blackwell no lo permitiría. Nos sellaría las bocas para siempre.

Me abrazó.

— Ve y vive tu vida. Te ha dado una segunda oportunidad. Muchos no tienen ninguna. No voy a ser un impedimento ni voy a dejar que la desperdicies.

La echaría terriblemente de menos. Esa es la razón por la que el día se me había hecho tan difícil. Sabía que pasarían meses, incluso años, antes de verla otra vez y un profundo sentimiento de soledad y desarraigo me invadía.

Y luego estaba Blackwell. Tampoco quería dejarla. Cuando el coche empezó a navegar el tráfico de la Quinta, tenía tal confusión que, cuando por fin miré a Alex, pudo leerlo en mis ojos.

— Es duro. Lo sé —dijo.

— Lo es, pero me alegro de verte —dije—. No sabes cuánto.

Se quitó la gorra y se inclinó para besarme. Primero, tiernamente. Luego, con deseo. Por fin, nuestros cuerpos volvían a tocarse. Me rodeó con los brazos, me sentó en sus piernas y, delicadamente, me acarició el pelo.

— Sacaremos el mejor partido de todo esto —me dijo.

— No tenemos otra elección.

— Tú y yo en una isla privada. Un lugar donde muy pocos han estado o del que han oído hablar. Es así de minúscula. Así de remota. Unas cuantas casas, una pista de aterrizaje e indescriptiblemente bonita. Dirigiremos la Wenn desde allí. Juntos. Es un mundo global, Jennifer, todos conectados por internet. Lo tenemos todo preparado. Si cogen al hijo de puta que nos ha hecho esto, quizás decidamos volver, o quizás decidamos quedarnos en el paraíso y formar una familia. Lo que me importa es que, finalmente, podemos estar juntos sin sentirnos amenazados. No sabes lo que te he echado de menos. Ni lo que te quiero.

— Lo sé. —Lo besé apasionadamente en los labios, sintiendo las cañones de su barba en la mejilla, y un cosquilleo me recorrió el cuerpo. —¿Puedes sentir lo que siento?

Asintió con la cabeza.

— No —dije—. Me refiero a mi alma. Y a mi corazón. A eso me refiero. ¿Puedes sentirme?

— Te siento.

— Tanto es lo que te quiero. Espero que puedas sentir al menos un pedazo de lo mucho que te quiero. Espero que lo sientas dentro y te llene como tú me llenas a mí, porque se ha estado acumulando por un mes y ahora se ha desbocado.

Era la primera vez que Alex y yo nos veíamos desde que salió del río y fue a esconderse. La bala le rozó el hombro izquierdo y cayó al río, pero fue capaz de llegar al muelle, al final de la Calle 41 y ocultarse en la noche antes de que los helicópteros, los buceadores y la policía empezaran a buscarlo. Su instinto le dijo que huyera y así lo hizo.

Una vez que fue capaz de llamar a Blackwell para decirle que estaba a salvo, la maquinaria de la Wenn se puso en marcha. Recogieron a Alex y recibió asistencia médica. Decidieron que, de momento, deberían darlo por muerto. Lo llevaron a un lugar seguro en la ciudad y le pidieron que no saliera. Cuando salí del hospital, a mí me pidieron que me quedara en casa. Nadie podría verme. Nos ordenaron que no tuviéramos contacto hasta que tuvieran un plan para sacarnos del país. No poder estar con él ni hablarle fue un infierno. Pero después de todo ese tiempo, estábamos, finalmente, juntos.

— ¿Adónde vamos? —le pregunté.

— A algún lugar en medio del Pacífico. No tiene nombre. Es una isla de mi propiedad. Nunca le puse nombre.

— ¿Seremos los únicos allí?

— No. Ann, mi anterior asistente, se ha mudado allí con su familia. Están ya allí y viven en una de las casas, libre de gastos. Ella sigue trabajando para nosotros. Su marido es un genio de la informática, pero quiere alejarse de todo eso. Será el encargado de cuidar la propiedad y será también el maestro de sus hijos. Cree que hay mucho que aprender de la naturaleza.

— Realmente me gustó Ann cuando la conocí.

— Creo que todos nos vamos a convertir en los mejores amigos. Sé lo que piensas porque Blackwell me dijo lo que te preocupaba. ¿Cómo sobreviviremos tan lejos de todo? Gracias al pescado suministrado por los muchos pescadores en las islas vecinas. Hay árboles frutales por todas partes, ni te lo imaginas. Agua potable, carne y otras necesidades nos llegarán mensualmente por avión. Congelaremos lo que haya que congelar. Ya han brotado las verduras en la huerta que ha sido plantada para nosotros. Algo de eso puede ser congelado también, incluidas algunas hierbas que pensé que te gustarían. Necesitaremos algunos suplementos durante unos meses, pero eso no es problema. Viviremos una vida muy ecológica. Dejaremos Manhattan, sus amenazas y su falsedad detrás. La Wenn aún me pertenece. Te pertenece a ti también. La Wenn es ahora nuestra.

— ¿Cuándo sabrán los medios que estás vivo?

— En cuanto lleguemos a la isla, la compañía anunciará en una nota de prensa que sigo vivo. Mis abogados tienen las pruebas. La prensa las exigirá, por tanto grabamos un vídeo que también recibirán. Después de eso, todo el mundo sabrá que sigo vivo y en control de la Wenn, pero nadie sabrá desde dónde. Nadie podrá encontrarnos. Seremos tú y yo. ¿Lo quieres así?

Le sonreí y le acaricié la cara.

— ¿Estaría aquí si no?

Me besó la mano.

— Una pregunta más —dijo.

— Dime.

Sacó una cajita azul del bolsillo de su chaqueta. Cerré lo ojos anticipando lo que venía después. Abrió la caja y vi un hermoso anillo de diamantes. Ni excesivo ni diminuto. Iridiscente y perfecto.

— ¿Quieres casarte conmigo, Jennifer? ¿Quieres ser mi mujer?.

— ¿Tienes que preguntármelo?

Había una mirada traviesa en sus ojos.

— De hecho sí. Por razones legales, necesito que me contestes.

— Por supuesto que sí. Claro que quiero ser tu mujer.

— ¿Lo has oído Tank? —dijo Alex mientras me ponía el anillo en el dedo—. Jennifer Kent acepta convertirse en Jennifer Kent-Wenn.

— Sí, señor. Tomo nota.

Pero yo negué con la cabeza.

— Yo no he aceptado eso en absoluto.

Alex frunció el entrecejo.

— Acepto ser tu esposa no como Kent-Wenn, sino como Jennifer Wenn. Soy tuya por entero.

— Eres el primero en oírlo, Tank —dijo Alex.

Pero antes de que Tank pudiera responder, sus labios estaban en los míos y sus manos en mi cintura. Mientras dejábamos Manhattan por otro mundo, con nuevos retos por delante, sabía, en el fondo de mi corazón, que acababa de tomar la mejor decisión de mi vida.

Orden de lectura:
Jennifer y Alex:

Aniquílame: Volumen 1
Aniquílame: Volumen 2
Aniquílame: Volumen 3
Aniquílame: Volumen 4
Aniquílame: Volumen 5 (Navidad)

Lisa y Tank:

Jennifer y Alex:

LA HISTORIA DE JENNIFER Kent y Alexander Wenn se desarrolla a lo largo de cinco novelas. Cada una de ellas cuenta un episodio completo en la vida de nuestros protagonistas

Sigue la serie Aniquílame con el Volumen 4. Disponible ahora para la venta.

Me encanta charlar con mis lectores y hacer sorteos para ellos. Espero verlos allí pronto.

Les estaré profundamente agradecida si hacen una reseña crítica de esta novela en Amazon. Estas reseñas son esenciales para todo escritor.

Gracias.

Christina

Milton Keynes UK
Ingram Content Group UK Ltd.
UKHW022335230424
441619UK00015B/791